이스라엘에는 예수가 없다

이스라엘에는 예수가 없다

1판 1쇄 발행 2010년 1월 14일
1판 6쇄 발행 2015년 9월 2일

지은이   김종철
펴낸이   김현정
펴낸곳   도서출판리수

기획·홍보   김현주
교정   최귀열

등록   제4-389호(2000년 1월 13일)
주소   서울시 성동구 행당로 6길 76 한진노변상가 110호
전화   2299-3703
팩스   2282-3152
홈페이지 www. risu. co. kr
이메일   risubook@hanmail. net

ISBN 978-89-90449-58-0 04810
※책값은 뒤표지에 있습니다.
※잘못 제본된 책은 바꾸어 드립니다.

이스라엘에는 예수가 없다

유대인의 힘은 어디서 비롯되는가

김종철 지음

리수

그동안 세계 여러 나라를 참 많이 여행했지만 한 나라를 서른 번이 넘게 여행한다는 것은 아주 특별한 동기가 없으면 불가능한 일일지도 모른다. 그런데 이스라엘은 서른 번이 아니라 그보다 더한 횟수로 나의 발걸음을 끌어당길 만한 충분한 매력이 있는 나라이다.

알면 알수록 새로운 모습을 발견한다고 할 때 우리는 보통 '양파 껍질을 벗겨내듯 한다'고 표현한다. 하지만 이스라엘은 양파 껍질로 둘러싸인 나라가 아니다. 양파 껍질은 아무리 벗겨내도 계속해서 똑같은 색이 나오지만 이스라엘은 껍질 하나하나를 벗겨낼 때마다 늘 새로운 모습을 보여준다.

우리나라의 경상남북도만 한 넓이의 국토에서 700만이 조금 넘는 인구로 국제무대에서 당당하게 자기 목소리를 낼 수 있는 저력, 2000년 동안이나 떠돌다가 마침내 나라를 재건한 전대미문의 기적을 일으킨 민족, 아직도 4000년 전에 하느님으로부터 받은 율법책을 글씨 하나 빠뜨리지 않고 줄줄 외우면서 그대로 실천하는 사람들이 바로 이스라엘 민족이다.

예루살렘에는 아직도 마치 500년 전으로 타임머신을 타고 날아간 듯한 착각이 들 정도로 전통과 옛 모습을 그대로 간직하고 있는가 하면, 텔아비브에는 마천루가 즐비하고, 전 세계에서 유일한 동성애자 페스티벌이 열리는가 하면, 거리에 걸어 다니는 남자들 7명 중에 한 명은 동성애자일 정도로 향락과 세속으로 얼룩진 모습도 동시에 갖고 있다.

▶
흰 바탕에 파란색 두 줄과 다윗의 별을 그려놓은 이스라엘 국기. 이스라엘에 가면 유난히 국기를 많이 볼 수 있다.
▶▶
새해 아침, 소파라 불리는 나팔을 부는 이스라엘 사람.

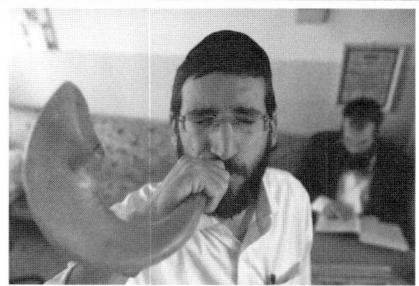

한쪽에서는 전 세계에서 물밀듯이 몰려드는 기독교 성지 순례자가 십자가 행진을 하고 있는가 하면, 또 한쪽에서는 기독교를 향한 유대인의 배척과 증오의 목소리가 높다.

　예루살렘만 보더라도 황금사원 안에서는 코란을 읽는 아잔 소리가 울려 퍼지고, 황금사원 밖의 통곡의 벽에서는 유대인들이 토라를 읽는 소리가 울려 퍼지는가 하면, 또 통곡의 벽 바깥쪽에서는 기독교 성지 순례자들이 부르는 찬양 소리가 뒤섞여 들려온다.

　예루살렘 성 바로 옆에 있는 감람산에서는 전 세계에서 찾아온 여러 부류의 종말론 신자들이 인류를 향해 외치는 소리까지 더해져 보는 이의 가슴을 쓸어내리게 한다.

　팔레스타인 접경 지역에서는 하루도 쉬지 않고 폭동과 진압의 발자국 소리가 들려오고, 또 남부 휴양 도시에서는 지상 천국 같은 홍해에 몸을 담그고 있는 사람들의 모습이 보인다.

　남부 사막 지역 네게브에서는 이스라엘 군인들이 모래사막을 기어다니며 훈련을 하는가 하면, 바로 옆에서는 사막의 밤을 즐기려는 젊은 이들이 모닥불을 피워놓고 캠핑을 하고 있다.

　종교와 세속, 긴장과 여유, 폭동과 평화를 향한 외침, 이스라엘은 그 어디를 가도 그리고 그 어떤 날도 쉴 수 없을 만큼 새로운 이슈를 만들어내고 있다.

　그래서 이스라엘에 가면 단 하루도 나의 노트북과 카메라를 편안히 내버려둔 적이 없다.　예루살렘의 뒷골목에서 노점상을 하는 아랍 할머니와 대화를 나눈 이야기를 받아 적고, 유대인 전용 버스에 올라타서 기사아저씨와 나눈 이야기를 수첩에 기록했다. 그들에게서 듣는 이야기는 단 하나도 버릴 수 없는 새로운 내용들이었다. 그동안 책에서 읽은 내용이나 뉴스에서 들려오던 기자들의 이야기와는 분명히 달랐다. 달리는 차 안에서 차창 밖으로 보이는 풍경과 그들의 집 안으로 들어가서 보는 것들을 하나도 놓치지 않고 카메라에 담으려고 했다.

　나는 이 책에 이스라엘의 진짜 속살을 담으려고 했다. 도대체 유대인은 어떤 사람들인가? 무슨 생각을 하고 살아가며, 그들이 안고 있는 진짜 고민은 무엇일까? 그리고 그들이 생각하는 예수는 어떤 사람이며 신약성경에 대해 어떻게 생각하고, 무엇에 즐거워하고 무엇에 슬퍼하는지 담으려고 했다.

　그동안 이스라엘과 유대인에 관한 책은 많이 출간되었다. 하지만 나는 이 책이 분명히 다른 차원에서 읽히기를 바란다.

김종철

3부
유대인의 힘

4부
유대인의 일생

7부
유대인의 명절

תורת ישראל

Diaspora Yeshi

1부

안식일에는 절대로 움직이지 마라

세상에서 가장 피곤한 날

예루살렘에 가면 요일에 민감해야 한다. 매주 금요일은 아랍인의 휴일이고, 토요일은 유대인의 안식주일, 그리고 일요일은 크리스천의 주일이라서 자칫 잘못하다간 3일 동안 아무것도 사 먹지 못할 수 있다.

이런 일이 정말 일어날까? 예루살렘은 지구상에 있는 수많은 도시 중에서도 아주 특별한 도시이다. 전 세계 17억 명의 모슬렘들이 가장 신성시하는 성지 황금사원이 있고, 또 21억 명의 기독교 신자들과 1400만 명의 유대인들이 가장 신성시하는 성지가 있는 곳이 바로 예루살렘이다. 그런 예루살렘에 살고 있는 사람들의 신앙심은 누가 뭐라 해도 특별하지 않을 수 없다.

그런데 더 특별한 것은 그들이 각자 지키고 있는 주일이 서로 다르다는 것이다. 모슬렘의 주일인 금요일과 유대민족의 안식일인 토요일엔 도시 전체가 유령 도시처럼 모든 상점이 문을 닫고 거리에는 인적이 끊긴다.

그렇다면 유대인의 안식일은 정확하게 언제부터 언제까지일까? 유대인의 안식일은 매주 금요일 저녁, 좀 더 구체적으로 말하면 금요일 저녁 해 지는 시각의 10분 전부터 토요일 저녁 해 지는 시각까지를 말한다. 그런데 여름철엔 해가 늦게 지기 때문에 관례적으로 금요일 오후 6시 10분부터 안식일을 시작한다.

▶
모슬렘과 기독교,
그리고 유대교의 성지가
공존해 있는 아주
특별한 도시, 예루살렘.

그래서 유대인의 모든 직장은 금요일 오전까지만 근무하는데, 요즘은 목요일 저녁까지 근무하는 곳도 많다고 한다. 유대인 가정 주부는 금요일 오후가 되면 안식일 만찬을 준비하기 위해 장을 보러 나간다.

예루살렘 시내에 있는 유대인 전용 재래시장에 가면 입구부터 이스라엘 군인들이 검문검색을 한다. 몇 해 전 예루살렘의 유대인 재래시장에서 팔레스타인 테러리스트가 폭탄을 터뜨린 적이 있기 때문이다.

그래서 시장 입구는 검문검색 순서를 기다리는 사람들과 자동차들이 북적거려 정신이 없을 정도이다. 예루살렘은 가는 곳마다 까다로울 정도로 검문검색을 하는데 재래시장이 이 정도이니 많은 유대인이 몰리는 백화점이나 버스 터미널은 오죽할까? 그래도 예루살렘의 유대인은 그런 불편쯤은 당연히 감수해야 한다고 생각하고 묵묵히 검문검색 순서를 기다린다. 자신들의 안전을 위하는 일이기 때문이다.

재래시장에 도착한 주부는 저녁식사에 필요한 여러 가지 재료를 구입하는데, 이때 빠뜨리지 않는 것이 와인 한 병과 빵을 만드는 재료이다. 음식 재료도 아무것이나 사는 것이 아니라 반드시 코셔Cosher 마크가 있는지 확인한다. 코셔란 전통적인 유대인의 의식 식사법에 따라 식품을 조제 · 선택하는 것을 뜻한다. 유대인은 이 코셔 마크를 아주 철저하게 확인한다. 그들은 유제품과 육류가 섞인 제품을 절대로 먹지 않는데, 이는 구약성경 레위기 11장에 기록되어 있는 말씀을 지키기 위해서이다. 레위기 11장에는 사람이 먹어야 할 것과 먹지 말아야 할 것에 대해서 아주 자세하게 적혀 있다.

"짐승 중에서도 굽이 갈라져 쪽발이 되고 되새김질을 하는 것은 먹을 수 있지만 그렇지 않은 것은 먹을 수 없다"고 했다.

이 성경 구절 대로라면 돼지와 토끼와 낙타는 굽이 갈라져 있지만 되새김질을 하지 않기 때문에 먹지 못한다. 말고기도 되새김질은 하지만 굽이 갈라져 있지 않아서 먹을 수 없다. 이런 짐승들은 부정한 것이므로

먹지 못하는 것은 물론이고 그 시체도 만지지 못하도록 했다. 그리고 물에서 나오는 생선 중에 지느러미와 비늘이 없는 것은 먹을 수 없다. 그래서 상어·고래·미꾸라지 등은 지느러미는 있지만 비늘이 없어서 먹지 못하고, 새우·게·굴·낙지·오징어·꼴뚜기·조개 등은 지느러미와 비늘이 모두 없어서 먹을 수 없다. 심지어 유난을 떠는 사람들 중에는 삼치·고등어·꽁치·정어리·가자미·도다리·넙치·참치·갈치 등도 먹지 않는다.

뿐만 아니라 레위기에는 하늘을 나는 생물 중에서도 독수리·솔개·매·까마귀·타조·갈매기·올빼미·부엉이·따오기·학·황새·박쥐는 먹을 수 없지만 메뚜기와 베짱이, 귀뚜라미는 먹을 수 있다고 기록되어 있다. 또 족제비와 쥐, 도마뱀, 악어 등 땅에 기는 것 중에 배로 기는 것도 먹을 수 없다고 했다. 모두 부정한 것이라는 얘기다.

도대체 성경은 왜 이런 규례를 시시콜콜 정해놓은 것일까? 하나님으로부터 택함 받은 백성은 그렇지 못한 세상 사람들과 구별되어야 한다고 믿기 때문이다.

먹을 것에 대한 이런 규례는 구약성경 신명기 14장 21절에도 있다.

"너는 염소 새끼를 그 어미의 젖에 삶지 말지니라."

아무리 짐승이라 하지만 어떻게 그 어미에게서 나온 젖에 그 새끼의 고기를 삶을 수 있겠느냐는 뜻이다.

코셔는 유대인의 식생활에 아주 까다롭게 적용된다. 어느 정도인가 하면 이스라엘의 어느 가정에서나 그릇을 용도별로 따로 준비한다. 절대로 고기와 우유가 섞이지 않게 하려고 반드시 가족의 수만큼 두 벌의 포크와 나이프를 사용한다. 한 벌은 유제품을 먹을 때, 다른 한 벌은 고기를 먹을 때 사용하기 위해서다. 그릇을 보관하는 찬장도 따로 있고 식기를 닦는 데 사용하는 행주도 따로 사용한다.

물론 고기와 우유를 한꺼번에 먹거나 마실 수도 없다. 그래서 이스라

▶
코셔 표시가 되어
있는 식당.
▶▶
코셔 표시가 되어
있는 과자.

OPEN
AIR
CONDITION

ENTRANCE

עידן

אסור
לעשן
NO SMOKING

ללא עשן

כנישה

כשר

ייצור מיוחד
בהשגחת הרב צ
מעשה החיל
Kosher Parve

엘의 햄버거 가게에는 치즈 버거가 없고 스테이크를 먹은 후 밀크 커피를 마실 수도 없다. 고기를 먹은 후 곧바로 아이스크림 같은 유제품을 먹을 수도 없다.

하지만 예외는 있다. 고기를 먹은 후 6시간이 지나면 우유나 아이스크림은 먹을 수 있다. 어느 정도 소화가 되어 배 속에서 섞일 염려가 없기 때문이다. 그래서 유대인은 코셔라는 마크가 붙어 있는 음식점만 찾아가는 것이다. 음식점뿐만 아니라 슈퍼마켓에서 통조림이나 스낵류를 살 때도 반드시 코셔 마크가 있는 제품을 구입한다.

외국에 나간 유대인은?

그렇다면 외국에서 살고 있는 유대인은 어떻게 할까? 그들 역시 유제품과 육류를 섞어 먹지 않는다. 미국이나 영국처럼 유대인이 많이 사는 곳에서 새로운 스낵류가 시판되면 우선 제품의 성분과 제조 방식을 분석한다. 분석 결과 돼지기름에 튀겨낸 것이라면 서로 알려주어 구입하지 않게 하는 등 유별나고 까다로운 식생활을 지키고 있다.

그런데 가톨릭 교도나 개신교도는 왜 유대인처럼 성경 말씀을 지키지 않는 것일까? 신약성경 사도행전 10장에 보면 베드로에게 하나님이 나타나셔서 구약성경에 기록했던 부정한 음식이라 할지라도 하나님께서 깨끗하게 하신 것이라면 먹어도 좋다고 써 있기 때문이다. 세상 사람과 구별되게 사는 것은 어떤 음식을 먹느냐보다는 얼마나 깨끗한 삶을 사느냐에 달려 있다고 믿기 때문이다.

언젠가 우리나라 이스라엘 문화원의 홈페이지에 안타까운 사연이 하나 올라온 적이 있다. 얘기인즉슨 이스라엘에서 유대인이 출장을 왔는데 우리나라의 음식은 고사하고 유럽식 레스토랑에 가도 거의 아무것도 먹지 않더라는 것이다. 기껏해야 본인이 가져온 과자 부스러기와 물만 마서대니 손님을 초대한 우리나라 기업 입장에선 여간 난처한 게 아니라는 것이다. 그래서 이 유대인이 먹을 수 있는 음식점이 우리나라에 없겠느냐고 문의해온 것이다.

그렇다면 이스라엘 문화원에선 어떻게 답변했을까? 이스라엘 문화원에서도 국제 심포지엄 때문에 유대인 랍비를 초청하는 경우가 있는데 그들 역시 이스라엘에서 가져온 음식만 먹기 때문에 안타깝다고 했다.

유대인의 철저한 율법주의와 신앙심엔 세계 모든 나라 사람들이 혀를 내두를 정도임은 틀림없다. 산해진미를 모르는 그들이 안타깝고 불쌍하기는 하지만… 그냥 그렇게 먹게 두는 수밖에 도리가 없다.

안식일에 해도 되는 일과 안 되는 일

유대인이 철저하게 지키는 안식일에는 해도 되는 일과 안 되는 일이 명확하게 구분되어 있다. 그러면 유대인이 안식일에 해도 되는 일과 안 되는 일이 무엇일까? 그리고 그 기준은 무엇일까?

우선 안식일에 해서는 안 되는 일이란 내가 어떤 행동을 함으로써 상황이 바뀌는 일들이다. 예를 들면 안식일에는 차를 운전하거나 빵을 굽거나 구입해도 안 되고 요리를 해서도 안 된다. 요리를 하기 위해서는 가스오븐레인지의 불을 켜야 하고 칼질을 하며 갖가지 노동을 해야 하기 때문이다.

물건을 사고팔아서도 안 된다. 가방을 들고 거리를 걸어도 안 되고 휠체어를 밀거나 아기를 안고 다닐 수도 없다. 버스와 택시를 운행하지도 않고 운전도 할 수 없으니 당연히 여행은 상상할 수도 없다. 전화를 걸거나 받아서도 안 된다. 이것은 외국인이 많은 호텔도 예외가 될 수 없다. 전화를 걸려고 호텔에 있는 공중전화 수화기를 들면 유대인 호텔 직원이 와서 전화를 못하게 한다.

장례식도 하지 못하며 담배도 피우지 못한다. 담배를 피우려면 불을 켜야 하기 때문이다. 안식일에 책을 보는 것은 허용되지만 펜으로 글을 쓸 수는 없다. 그래서 학생들은 안식일날 전에 숙제를 다 해놓아야 하기 때문에 금요일 오후만 되면 바쁘다. 안식일에 청소는 할 수 있지만 빗자루가 부러지면 수리는 할 수 없다. 식사 중에 식탁보에 물이나 우유를 흘리면 행주로 닦을 수는 있지만 행주를 빨거나 세탁할 수는 없다.

안식일엔 전기로 사용하는 벨을 누를 수 없다. 엘리베이터나 에스컬레이터도 사용하면 안 된다. 안식일이 되면 엘리베이터를 타고 내리는 사람은 없지만 각 층마다 멈춰 문이 열렸다가 닫히도록 해놓는다. 그러니 안식일에 높은 빌딩에 올라가야 하는 사람은 인내심을 발휘해야만 한다.

위험한 동물이나 벌레는 죽일 수 있고 발바닥에 박힌 유리 조각이나 못 등은 빼낼 수 있지만 나무와 식물에게 물을 줄 수는 없다. 꽃향기를 맡을 수는 있지만 먹고 싶은 충동이 일기 때문에 과일 냄새를 맡을 수는 없다.

집으로 배달되는 은행 청구서나 세금 통지서 같은 편지나 소포를 뜯어서는 안 된다. 휘파람을 불 수는 있지만 악기는 사용할 수 없다. 가게의 진열장에 있는 물건들을 들여다볼 수는 있지만 가격을 물어볼 수는 없다. 자, 이 정도면 정말 피곤하지 않을 수 없다.

그러니 안식일에는 아무것도 하지 말고 가만히 집에 있어야 한다. 집에서 쉬면서 오로지 하나님의 말씀을 깊이 깨닫고 기억하고 묵상하라는 얘기이다.

그들은 왜 안식일을 이처럼 철저하게 지키는 것일까? 그 이유는 그들이 떠받드는 토라, 즉 구약성경의 출애굽기에 써 있다.

구약성경의 출애굽기 16장 29절에는 "볼지어다. 여호와가 너희에게 안식일을 줌으로 제 육 일에는 이틀 양식을 너희에게 주는 것이니 너희

▶
안식일에는
예루살렘의 도로가
막혀 차들의 통행이
금지된다.

는 각기 처소에 있고 제 칠 일에는 아무도 그 처소에서 나오지 말지니라"라고 적혀 있다.

그리고 출애굽기 20장 10절에는 "일곱째 날은 네 하나님 여호와의 안식일이니 너나 네 아들딸이나 제 남녀 종들이나 네 가축들이나 네 문 안에 있는 나그네나 할 것 없이 아무 일도 하지 마라."라고 적혀 있기 때문이다. 정말 피곤한 안식일이 아닐 수 없다.

타이머 없인 못 살아

금요일 오후, 유대인 아내가 안식일 저녁식사 준비를 위해 장을 보는 동안 남편은 집 안에서 나름대로 하는 일이 있다. 안식일에는 아무것도 해서는 안 되지만 그래도 음식은 먹어야 한다.

빵이야 미리 만들어놓을 수 있지만 수프는 따뜻하게 먹어야 하므로 남편이 가스레인지 위에 널빤지를 깔고 그 위에 전기 열판을 올린 뒤 안식일에 끓일 음식을 담은 그릇을 열판 위에 올려놓는다. 그런 다음 안식일 식사 시간에 맞춰서 전기 열판이 가열되도록 타이머를 조작한다. 전기를 작동할 수 없는 안식일에 가전제품이 저절로 작동하는 데 타이머만큼 유용한 것도 없기 때문이다.

실제로 이스라엘의 유대인 가정에 들어가 보면 벽면에 수십 개의 타이머가 설치된 것을 볼 수 있다. 방 안의 불이 자동적으로 켜지거나 꺼지고, 또 에어컨이나 보일러도 시간이 되면 켜지고 꺼진다.

한여름인 경우 타이머를 미리 조작해놓지 않으면 에어컨이 작동하지 않아 찜통 속에서 지내야 할 것이다. 냉장고는 일 년 내내 전기 코드를 뽑지 않고 사용하기 때문에 타이머를 미리 조작할 필요는 없지만, 만에 하나 안식일날 실수로 냉장고의 전기 코드를 뽑았다면 이거야말로 낭패가 아닐 수 없다.

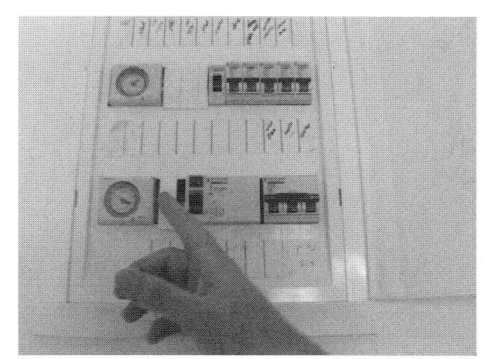

▶
유대인 가정에 있는
타이머.

그래서 이런 일도 있었다. 어떤 유대인 가정에서 실수로 냉장고의 전기 코드를 뽑았는데 안식일이라서 코드를 직접 꼽지 못하는 유대인이 집 밖으로 나와 지나가는 사람을 기다리다가 외국인이 지나가자 다가가서 자기 집에 들어와 냉장고 코드를 꽂아달라고 부탁했다고 한다. 외국인은 유대인처럼 안식일을 지키지 않으니 그 정도 일은 대신 해줄 수 있을 거라고 생각했던가 보다. 안식일과 관련한 재미있는 에피소드다.

지구상에서 타이머 사용법과 타이머 만드는 기술이 뛰어나기로는 이스라엘을 따라갈 수 없을 것이다. 이스라엘의 타이머보다 뛰어난 성능의 타이머를 만드는 기술을 가진 사람이라면 이스라엘 시장으로 진출해보는 것이 어떨까?

안식일의 해방 구역 이루브

절대 변할 것 같지 않은 원칙도 때에 따라서는 변하게 마련이다. 예루살렘에도 수천 년 동안 지켜온 율법이 있지만 그 율법을 피해가기 위한 편법도 있다. 아무리 철두철미하게 안식일을 지킨다 해도 예외 조항이 있게 마련이다.

요즘같이 바쁘고 복잡한 현대 생활에서 안식일을 지키는 데는 문제가 있을 수밖에 없다. 특히 미국 뉴욕 같은 곳에서 생활하는 사람은 토요일에 아무것도 하지 않기란 좀처럼 어렵기 때문이다.

예를 들어 가족 중에 휠체어를 탄 장애인이 있는 경우, 율법을 따르려면 예배당에 가야 하고, 예배당에 가려고 휠체어를 밀고 나서면 계율을 어기게 되기 때문이다. 그래서 뉴욕의 장애인들은 토요일에만 휠체어를 밀어줄 사람을 임시로 고용하기도 하는데, 인건비가 워낙 비싸서 돈이 많이 든다.

그래서 생각해낸 것이 바로 '이루브Iruv'이다. 이루브는 안식일에 꼭 필요한 노동을 해도 되는 일종의 특별 구역인데, 그 구역에는 노란 줄을 치고 리본을 매달아 표시한다. 이루브의 탄생을 가장 반기는 사람은 역시 아기 엄마들이었다. 유대인은 보통 대여섯 명의 자녀를 키우는데 안식일날에는 아기를 안거나 유모차를 밀 수가 없다. 그러니 토요일 해가 질 때까지 밖에 나가지 못하는 것이다.

이루브는 한 지역 안에 유대인이 60만 명 이상 사는 곳이면 설치할 수 없다. 60만이라는 숫자는 탈무드에 근거하는데 모세가 이끌던 성인 남자의 수와 똑같다. 탈무드의 유명한 격언 중에 "아무리 좋은 쇠사슬이라도 고리 하나가 끊어지면 못 쓴다"는 말이 있다. 사소한 계율이라도 잘 지켜야 온전한 유대인으로 살아갈 수 있다는 뜻이다.

이웃에 살고 있는 노모에게 음식 한 접시도 갖다주지 못하는 안식일이 더 이상 안식일일 수 있을까? 유대인으로 죽는 것은 쉬워도 유대인으로 사는 것은 정말 어려운 일이 아닐 수 없다.

▶
아들에게 축복 기도를
해주는 아버지와
온가족이 하나님께
드리는 감사의 노래를
부르는 모습.
▶▶
안식일 만찬 풍경과
안식일 만찬 때 사용할
빵을 자르는 모습.

안식일 만찬

안식일 저녁 만찬에 먹을 음식이 모두 준비되면 아내는 '하누카Hanuka'라는 촛대에 초를 꽂고 불을 붙인다. 촛불을 밝히는 것은 전통적

26

으로 여자들의 몫이다.

드디어 금요일의 해가 지고 안식일이 시작되면 가족이 모두 모인다. 밖에 나갔던 아이들도, 따로 살던 부모님도 안식일 만찬에 함께하기 위해 모인다. 일주일 만에 방문한 부모는 어린 손자들의 머리에 손을 올려 축복을 해주고, 아들 머리에도 손을 올려 축복 기도를 해준다. 그 모습은 이 세상에서 가장 평화롭고 아름다워 보였으며, 한편으로는 부럽기까지 했다.

온 가족이 식탁에 앉으면 그 집의 가장인 아버지가 와인 한 병을 따서 어린아이를 포함한 가족 모두에게 한 잔씩 따라준다. 온 가족이 모두 와인잔을 받아 들면 아버지가 하나님께 드리는 감사의 노래를 부르기 시작한다.

수많은 사람 중에서도 특히 이스라엘 민족을 선택해주신 하나님께 감사하는 노래, 수많은 역경 속에서도 자신들을 지켜주신 하나님께 감사하는 노래, 오늘 이 시간에 온 가족이 함께 식탁에 앉아 하나님께 감사할 수 있게 해주신 데 대한 감사의 노래, 부모님이 건강하고 자녀들이 잘 자라게 해주신 데 대한 감사의 노래이다.

그런 다음 아버지가 먼저 와인을 들이켜고 할아버지와 할머니 그리고 아내와 어린 자식들이 돌아가며 와인을 마신다. 그다음엔 빵을 떼어 먹기 위해 가족들이 차례대로 주방으로 가서 수돗물에 손을 닦는다. 아내가 만든 빵을 남편이 떼어서 가족들에게 한 조각씩 나눠주면 가족들은 빵을 받아 먹으면서 본격적인 식사를 하게 된다.

이렇듯 안식일의 저녁식사마저도 하나의 의식처럼 경건하게 그리고 의미 있게 보낸다. 유대인은 한 주도 빠뜨리지 않고 수천 년 동안 이렇게 복잡한 과정의 안식일 식탁을 맞이하고 있다. 세상이 아무리 변하고 문명이 발달했다 하더라도 하나님이 한번 명령한 것은 변하지 않는다고 믿는 것이 바로 유대인의 신앙이다.

이처럼 융통성이라고는 전혀 찾아볼 수 없을 만큼 고집스럽게 안식일 식탁을 지켜왔기에 오늘날 유대인이 세계에서 가장 뛰어난 민족이 된 것은 아닐까?

기독교의 안식일

그렇다면 가톨릭교도나 기독교도가 왜 이런 유대인의 율법을 지키지 않을까? 가톨릭교도와 기독교도는 이 같은 율법을 예수 자신이 깼다고 생각하기 때문이다.

예수는 안식일에 베데스다 연못에서 38년 된 병자를 고쳐주었다. 물론 그 당시 율법으로도 안식일날 위급한 상황에 처한 환자나 병자를 고쳐줄 수 있었다. 그러나 유대교 율법학자나 랍비들은 예수의 그런 행동에 강한 불만을 품었다. 38년씩이나 똑같은 병으로 고생했다면 그 증세가 갑작스럽게 나빠지거나 오늘 내일 생명의 위협을 느낄 만한 병이 아니라 일종의 만성병이라는 얘기다. 그러면 안식일 다음 날 고쳐도 큰 문제가 없을 텐데 왜 안식일에 병자를 고쳐주었느냐는 것이다.

그리고 결정적인 것은 예수가 그 병자를 고친 다음 '그 자리에서 일어나 가라'고 명령을 한 것이다. 어떤 행동을 해서 상황이 바뀌면 그것이 노동이라고 보는 이들의 입장에선 예수의 명령이 아무것도 하지 말라는 율법에 정면으로 위배되기 때문이다.

하지만 예수의 대답은 이랬다.

"양이 구덩이에 빠졌으면 안식일이라도 그 양을 꺼내주어야 하지 않겠는가? 하물며 안식일에 아픈 사람을 고쳐주는 것이 무슨 문제가 되는가? 안식일은 사람을 위하여 있는 것이지 사람이 안식일을 위하여 있는 것이 아니다."

이것이 기독교도와 가톨릭교도가 유대인만큼 안식일 규정을 강하게 지키지 않는 이유이다. 그래서 유대인이 2000년 전에 그같은 일을 한 예수를 못마땅하게 생각하는지도 모르겠다.

2부
유대교란 무엇인가

메시아를 기다리며

이스라엘의 인구는 현재 약 724만 명이다. 그중 약 80%가 유대인이
고 13%가 아랍인, 그리고 나머지가 골란고원 근처에 사는 두루즈Druze족
이나 네게브 사막 쪽에 사는 베두인Bedouin족이다.

그리고 유대인의 약 98%가 유대교를 믿는 신자들이다. 그들 중에는
유대교를 열성적으로 믿는 사람도 있을 테고 그렇지 않은 사람도 있을
테지만 어쨌든 이스라엘은 유대교의 나라, 종교 국가라고 할 수 있다.

그리고 대부분의 유대인들은 유대교의 종교 행위에 무척 적극적이
다. 안식일을 철저히 지키고, 또 하루에 세 번씩 시나고그Synagog에 가서
머리를 앞뒤로 흔들며 그들의 경전인 토라를 읽고 기도를 한다.

시나고그는 이스라엘 전역에 약 6000개가 있다. 마을 곳곳은 물론이
고 하루에도 수만 명이 오가는 텔아비브 공항에도 있고, 재래시장에도
상인들이 찾는 시나고그가 있다. 유대인이 모여 사는 외국, 예를 들면
전 세계 다이아몬드의 약 80%가 거래된다는 뉴욕의 보석 거래소 건물
에도 시나고그가 있다. 10명 이상의 유대인이 모이는 곳엔 반드시 시나
고그를 만들도록 되어 있기 때문이다.

그렇다면 이들이 그처럼 독실하게 믿는 유대교는 과연 어떤 종교일
까? 그리고 유대교와 기독교는 어떤 차이가 있을까?

유대교인은 이스라엘 안에서 정통주의, 보수주의, 개혁주의로 분류된다.

▶
이스라엘 전역은 물론
10명 이상의 유대인이
모이는 곳엔 반드시
있는 시나고그.
유대인은 안식일을
철저히 지키고, 하루에
세 번씩 시나고그에
가서 기도를 드린다.

אַרְבַּעַת
בָּתֵּי הַכְּנֶסֶת
הַסְּפָרַדִּיִּים

Four Sephardi
Synagogues

정통주의라면 일단 보수파라고 할 수 있는데 이들을 가리켜 '하시딤 Hasidim' 이라고 하며 예루살렘에 많이 살고 있다. 가끔 이스라엘 관련 사진이나 방송을 보면 무릎까지 내려오는 검은 코트를 입고 머리에는 맷돌같이 생긴 털모자를 쓴 채 길을 걷거나 통곡의 벽에서 기도를 하는 사람들이 나오는데 이들이 유대교의 정통파 교인 하시딤이다.

이들은 직업이 없다. 돈을 벌기 위해 일을 하지 않는다. 오로지 일 년 365일 토라와 탈무드를 읽고 나라와 민족을 위해 기도한다. 그럼 생활은 어떻게 할까? 나라에서 이들에게 가족 수만큼 생활비를 지원해준다. 이들은 산아제한을 하지 않기 때문에 아이들을 많이 출산한다. 그래서 예루살렘의 거리를 걷다 보면 어린아이를 4~5명씩 줄줄이 데리고 새까만 옷을 입은 일가족이 마치 까마귀 떼처럼 종종걸음으로 걸어가는 장면을 자주 목격할 수 있다.

이들의 생각과 삶의 방식은 좀 유별나다. 일단 자신들이 살고 있는 이스라엘이라는 나라를 국가로 인정하지 않는다. 이스라엘의 모든 국민이 남자와 여자를 막론하고 고등학교를 졸업하면 반드시 가야 하는 군대에도 가지 않는다. 오직 하나님께 예배하는 삶을 사는 것이다.

하시딤은 자신에 대한, 자기 민족에 대한 자부심이 대단하다. 하나님에게 선택받은 민족이라는 것이다. 하나님은 거룩한 분이다. 그리고 하나님으로부터 택함을 받은 백성은 거룩한 백성이다. 거룩한 백성은 일반 백성과 먹는 것이나 입는 것, 사는 방식이 달라야 한다고 여긴다. 그래서 그들은 옷부터 다르다. 일반 사람들처럼 화려한 색상의 옷이나 노출이 심한 옷을 입지 않는다. 오직 경건한 삶을 위해 하얀색 셔츠와 검은색 외투만 입는다. 여자와 아이들도 마찬가지다.

남자들은 명주로 꼰 긴 실을 허리춤에 두른다. 그리고 앞쪽으로 네 가닥의 실을 약 10센티 간격으로 늘어뜨리고 다닌다. 그 실들이 매우 거추장스러워 보이는데도 그들은 반드시 실을 치렁치렁 매달고 다닌다.

▶
전통복장을 한 하시딤.
▶▶
하시딤의 아이들.

▶
소년의 이마에 붙어
있는 검은 상자가
테필린이다.

그것을 '지지트Zizit'라고 한다. 신명기 22장 12절에 "입는 겉옷의 네 귀
에 술을 만들지니라"라고 적혀 있기 때문에 그 말씀대로 허리춤에 실을
감고 다니는 것이다. 그들은 그렇게 하면서 자신은 하나님의 말씀 속에
서 살고 있으며 계명을 지키고 있다고 생각한다.

그리고 남자 머리의 양쪽 구레나룻을 보면 마치 여자들이 드라이를
한 것처럼 꼬불꼬불 말린 머리를 길게 기르고 다닌다. 아주 특이한 패션
이다. 뚱뚱한 유대인이 이런 머리를 하고 다니면 조금 우스꽝스러워 보
이지만 어린 남자아이들이 이런 머리를 하면 무척 앙증맞다. 이들이 이
런 머리를 하고 다니는 것은 레위기 21장 5절에 "머리를 깎아 대머리 같
게 하지 말며 그 수염 양편을 깎지 말며"라는 성경 구절에 근거한다.

이들이 시나고그에 갈 때는 반드시 '탈리트Tallit'라는 기도용 숄을 걸
친다. 언뜻 보면 커다란 목욕타월 같은데 흰색 바탕에 검은색 긴 줄무늬
가 있어서 이스라엘 국기와 비슷하다.

기도를 할 때는 왼쪽 팔에 검은색 끈을 7번 반 감는다. 그리고 이마에
반지상자 크기만 한 작은 상자를 붙이고 기도한다. 이것을 '테필린tefillin'
이라고 한다. 테필린은 양의 가죽으로 만든 아주 작은 상자인데 이 속에

는 하나님 말씀 네 가지가 적힌 종이가 들어 있다.

첫 번째는 출애굽기 13장 1절에서 10절 말씀으로 애굽으로부터의 구원에 대한 내용이고, 두 번째는 출애굽기 13장 11절에서 16절 말씀으로 구원받은 이는 첫 태생을 하나님께 바쳐야 한다는 선포이다. 세 번째는 신명기 6장 4절에서 9절 말씀으로 하나님만 섬기겠다는 고백이고, 네 번째는 신명기 11장 13절에서 21절 말씀으로 하나님께서 주시는 복에 대한 내용이다.

이들이 이렇게 팔뚝과 이마에 테필린을 감는 이유는 신명기 6장 8절의 "네 손목에 매어 기호를 삼으며 네 미간에 붙여 표를 삼고…"라는 내용에 근거한다.

유대교와 기독교

유대교인은 하나님을 어떻게 생각할까? 유대교인 역시 하나님이 유일신임을 확실히 믿고 있지만 기독교처럼 3위일체는 인정하지 않는다. 3위일체trinity란 '하나님과 예수와 성령은 하나'라는 뜻인데, 유대교인은 예수를 하나님의 아들로 인정하지 않을 뿐만 아니라 기독교에서 예수를 하나님과 동격으로 여기는 것에 대해 좋지 않은 감정을 갖고 있다.

나사렛의 가난한 목수의 집안에서 태어난 청년이 어떻게 하나님의 아들이 될 수 있느냐는 것이다. 그래서 예수가 부활한 이후 오순절날 마가의 다락방에서 예수의 제자들이 성령을 인정하지 않는 것이다. 이것이 바로 기독교와 유대교의 가장 큰 차이점이다.

그리고 유대교는 선교나 전도를 하지 않는다. 자신들이 믿는 유대교를 이방인들, 다시 말해서 흑인이나 동양인에게 전파하더라도 그들이 하나님에게 선택받은 백성이 될 수 없다고 생각하는 것이다. 유대인과 결혼해서 유대교 랍비로부터 1년간 철저하게 유대교의 교리를 배워야만 유대교인으로 인정한다. 하지만 유대인은 될 수 없다.

지구촌 구석구석 찾아가 그들에게 복음을 전하는 기독교의 선교관과는 하늘과 땅 차이다. 기독교에서는 교회에 다니다가 떠난 사람을 배척하거나 배신자라고 하지 않는다. 비록 지금은 교회를 떠났지만 언젠가 다시 돌아온다고 믿으면서 그들에게 끊임없이 관심을 보이며 기도한다. 하지만 유대교에선 자신들의 종교를 배반하고 떠나면 곧 배신자라는 딱지를 받게 된다. 스데반이 유대교를 버리고 예수를 증거한다고 돌을 던져 살인을 했던 것이나 예수를 십자가에 매다는 사형까지도 마다하지 않았던 것도 그 때문이다.

물론 그것은 지금도 마찬가지다. 그 옛날처럼 살인을 하거나 사형을 시키지는 않지만 유대인이 유대교가 아닌 다른 종교를 믿는 것이 밝혀졌을 땐 벌금형에 처하고 있다.

그리고 기독교에선 예수가 재림하는 그날이 이 세상의 마지막으로 알고 있지만, 유대교인은 예수가 재림하는 것이 아니라 새로운 메시아가 이 땅에 오는 그날이 바로 이 세상의 종말이라고 믿고 있다.

▶
예수님의 십자가가
세워졌던 바로 그
장소에 세운
성 분묘 교회 내부.

유대인과 예수

유대인은 왜 예수를 메시아로 인정하지 않는 것일까? 이것을 알려면 우선 유대인의 메시아관에 대해 살펴봐야 한다. 그러려면 멀리 창세기까지 거슬러 올라가야 한다.

창세기에 의하면 야곱의 아들 요셉은 형제들의 질투로 이집트로 팔려가지만 총리대신이라는 고위직에 올라 신분 상승을 하게 된다. 그 후 가나안 땅에 7년 동안 기근이 들자 야곱의 가족은 결국은 이집트로 찾아가 막냇동생 요셉을 만나고 이후 야곱의 가족은 이집트 땅에서 편안하게 살게 된다. 하지만 대공사에 유대인이 노예로 강제 동원되면서 핍

박을 받게 되자 모세를 따라 고향인 젖과 꿀이 흐르는 가나안 땅으로 돌아온다.

하지만 그사이 가나안 땅을 차지한 다른 민족들과 싸워야 했고 마침내 다윗왕과 솔로몬왕 때에 이르러 거대한 왕국을 건설하게 된다. 그 후로 이스라엘은 두 나라로 갈라져 페르시아와 로마의 지배를 받으면서 주권을 상실하게 된다.

그러니까 수천 년 이스라엘 역사 속에서 왕을 받들고 제대로 국가를 형성하면서 주권을 누린 것은 불과 300년도 되지 않는 짧은 기간이었다. 나머지 기간은 늘 남의 나라의 침략을 받고 식민지 생활을 했던 것이다. 그러니 유대인은 늘 누군가 강력한 존재가 나타나서 제발 이 지긋지긋한 억압의 현실 속에서 구원해주기를 바랐고, 그 구원자가 바로 메시아이다.

하나님의 아들 메시아가 이 땅에 내려와 로마에 의해 억압당하고 있는 현재 상황을 해결하고 이스라엘 땅에 새로운 국가를 형성해주기를 원했다. 예수의 제자인 가룟 유다 역시 똑같은 생각이었다. 그러기 위해서는 메시아가 그야말로 폼 나게 이 땅에 내려와야 했다. 거대한 천사의 무리가 유대 전역에 보이도록 나타난다거나, 로마인을 모조리 물리친다거나, 하루아침에 성전을 세울 수 있을 정도의 놀라운 능력을 가진 존재를 기대했다. 하기야 수많은 세월 동안 억압 속에서 살아왔으니 그것을 일시에 해결하려면 그 정도 능력쯤은 갖춰야 할 것이다.

그러나 예수는 그들이 생각한 모습과는 정반대였다. 이름도 별로 알려지지 않은 시골 동네 나사렛의 목수 아들인 데다, 강력한 조직과 군사력을 갖춘 것도 아니고 그저 시골에서 끌어모은 12명의 제자들만 이끌고 있었다. 제자들 중에는 똑똑해 보이거나 공부를 많이 한 것처럼 보이는 사람도 없었다. 게다가 로마의 정치인을 만나서 이스라엘 민족의 독립을 위해 힘을 쓰지도 않았고 왕국의 복원이나 민족의 부흥과는 전혀 상관없이 갈릴리 호수 언저리를 맴돌며 사랑 타령만 하고 있었다. 그들의 눈에 예수는 메시아로서 초라하기 짝이 없었다. 그들이 기대한 메시아의 모습과는 영 딴판이었다. 그것이 첫 번째 이유였다.

그다음, 당시 유대교의 종교지도자들은 예수의 설교 내용과 행실이 마음에 들지 않았다. 유대교 종교지도자들은 구약성경에 등장하는 갖가지 율법을 철저하게 지키며 신앙 생활을 하고 있었다. 지금의 유대인처럼 안식일과 코셔를 철저하게 지켰다. 그러나 예수는 안식일에도 병자를 고쳤고 코셔도 지키지 않았다. 어떤 음식을 먹느냐가 중요한 게 아니라 사람의 마음속에서 어떤 것이 나오느냐가 중요하다고 주장했다.

유대인은 이방인과 대화를 하거나 식탁에 함께 앉는 것을 금기시하지만 예수는 이방인을 만나 식탁에 앉아 함께 식사를 했다. 몸에서 피가 흐르는 병에 걸린 정결하지 못한 여인을 만나 병을 고쳐주었다. 예수의 이 같은 행동은 유대교 종교지도자들 눈에는 율법을 완전히 무시하는 행위나 다름없었다. 예수는 사람이 율법을 위해서 있는 것이 아니라 율법이 사람을 위해서 있는 거라고 말했다.

그리고 예수가 당시 천한 직업이었던 세리장이 삭개오를 종교지도자들과 평등하게 대하는 모습을 보고, 유대교의 고위직들이 위기감을 느껴 예수의 이야기를 듣지 않으려 했던 것인지도 모른다.

그런 데다 율법을 폐하러 온 것이 아니라 율법을 완성하러 왔다고 말하는 예수를 유대인은 메시아로 인정하지 않으려 했다.

서기 70년, 이스라엘이 로마에 의해 멸망하면서 유대인이 로마와 아프리카, 유럽 등 전 세계로 뿔뿔이 흩어지게 되었고, 서기 313년 로마의 콘스탄틴Constantinus 대제의 기독교 공인 이후 전 세계적으로 기독교가 전파되면서 기독교인이 기하급수적으로 늘어났다.

그런데 메시아 예수를 십자가에 못 박아 숨지게 한 장본인이 유대인이라는 사실을 안 기독교인들이 가뜩이나 남의 나라에서 숨죽이며 살아가고 있는 유대인을 미워하게 되었고, 결국은 유대인 핍박으로 이어졌다. 유대인을 추방하고 또 죽이기도 했다. 이 때문에 유대인은 예수를 더욱더 미워할 수밖에 없게 되었다.

그런 뿌리 깊은 감정 때문에 유대인은 아직도 예수를 하나님의 아들로 인정하지 않는다. 그리고 예수는 자신들을 구원해주지 못했으니 더더욱 메시아가 아니라고 생각하는 것이다.

예수를 싫어하는 유대인

전 세계적으로 앰뷸런스의 앞과 뒤 그리고 지붕에는 적십자 표시를 하기로 약속되어 있다. 생명이 위독한 환자는 적십자가 표시된 앰뷸런스에 실어 긴급하게 병원으로 후송하자고 전 세계가 약속한 것이다. 또 전쟁 중에 적군이든 아군이든 앰뷸런스를 공격하지 않는 것이 국제적인 약속이다. 십자가 표시에 반감을 갖고 있는 모슬렘권에서는 앰뷸런스에 빨간색 초승달이나 마름모꼴을 사용하는 경우도 있다. 하지만 우리나라를 포함한 서구 유럽 국가들은 앰뷸런스와 병원에는 반드시 적십자 표시를 하게 되어 있다.

그런데 이스라엘에서는 앰뷸런스에 적십자 대신 파란색 다윗의 별 모양이 그려져 있다. 이스라엘에서는 왜 앰뷸런스에 적십자 표시를 하지 않는 것일까?

그것은 십자가가 예수의 고난을 상징하기 때문이다. 이스라엘의 유대인은 예수를 메시아로 인정하지 않는 것은 물론이고 앰뷸런스에조차도 예수를 상징하는 십자가 표시를 하지 않을 만큼 예수에 대해 알레르기 반응을 보인다.

이스라엘의 유대인이 예수와 관련 있는 십자가를 얼마나 싫어하는지 예를 더 들어보자. 우리는 1 더하기 2는 3이라는 등식에서 더하기 표시는 당연히 가로획과 세로획이 교차하는 십자 표시를 한다. 이 기호는 수학을 공부하는 인류라면 아무런 거부감 없이 사용하는 세계 만국의 공통 기호이다. 그러나 이스라엘의 유대인은 수학 등식에도 이 십자 표시를 하지 않는다. 대신에 십자에서 가로획 아랫부분을 뺀, 그러니까 우리나라 모음인 'ㅗ'로 표시한다.

그뿐만이 아니다. 십자 표시가 들어가는 아라비아 숫자 4도 가로획을 그었다가 그대로 오른쪽 아래로 내려 긋는다. 아라비아 숫자 9와 비슷한 모양이다.

또 한 가지 예를 들어보자. 우리는 보통 자동차가 다니는 교차로를 사거리라고 한다. 그리고 그곳엔 반드시 신호등이 설치되어 있어서 직진 차량과 좌회전 차량을 빨간색과 노란색 그리고 초록색 신호로 안내한다. 하지만 이스라엘에서는 십자가를 연상시킨다는 이유로 도로에 사거리를 만들지 않는다. 그 대신 교차로 중앙에 동그란 화단을 설치한 로터리를 만든다. 그래서 자동차들은 신호등의 안내에 따라 직진과 좌회전을 하는 것이 아니라 수시로 로터리에 진입해서 직진과 좌회전을 하게 되어 있다. 예루살렘이나 텔아비브처럼 교통량이 많은 도로에는 어쩔 수 없이 사거리를 만들어놓긴 했지만 브엘세바나 에일랏처럼 유대인이 많이 사는 도시에는 반드시 이런 식의 로터리가 설치되어 있다. 이 정도로 이스라엘의 유대인은 예수를 상징하는 십자가 표시를 싫어한다.

우스갯소리지만 예수 이야기를 꺼내면 시체도 벌떡 일어나서 짜증을 낸다고 한다.

유대인이 예수를 싫어하는 이유

이스라엘의 유대인은 왜 이토록 예수를 싫어하는 것일까? 그 이유는 아주 오래전 역사로 거슬러 올라가야 알 수 있다.

이스라엘이 서기 70년에 로마의 티토 장군이 이끄는 군대에 멸망할 당시 유대인들 사이엔 바리새파와 사두개파 그리고 엣세네파가 있었고 예수를 메시아로 믿는 나사렛파가 있었다. 그런데 바리새파와 사두개파, 엣세네파는 로마에 대항해서 싸웠지만 나사렛파만은 로마에 대항하지 않고 지금의 요르단 땅에 있는 페트라로 거처를 옮겨갔다. 그 이유는 마태복음 24장 4절에서 16절의 내용 때문이었다.

예수님의 제자들이 예수에게 세상의 끝에 어떤 징조가 있는지 묻자 예수가 대답한 부분이 바로 이 성경 구절이다.

"어느 누구에게도 현혹되지 않도록 조심하라. 많은 사람들이 내 이름으로 와서 '내가 그리스도다' 하고 주장하면서 많은 사람들을 현혹할 것이다. 너희가 전쟁의 소식과 소문을 듣게 될 것이다. 그러나 결코 놀라지 말라. 이런 일이 반드시 일어나야 하겠지만 아직 끝이 온 것은 아니다. 민족과 민족이 서로 대항해 일어나고 나라와 나라가 서로 대항해 일어날 것이다. 곳곳에 기근과 지진이 생길 것이다. 이 모든 일은 진통의 시작일 뿐이다. 그런 후에 사람들이 너희를 핍박당하도록 넘겨주고 너희를 죽일 것이며 모든 민족이 나로 인해 너희를 미워할 것이다. 그때 많은 사람들이 시험을 당하고 서로 넘겨주며 미워할 것이다. 또 가짜 예언자들이 많이 나타나 많은 사람들을 현혹하겠고 불법이 더욱 많아져 많은 사람들의 사랑이 식어갈 것이다. 그러나 끝까지 굳게 서 있는 사람은 구원을 얻을 것이다. 그리고 이 하늘나라 복음이 온 세상에 전파돼 모든 민족들에게 증거될 것이다. 그때서야 끝이 올 것이다.

예언자 다니엘을 통해 예언된 '멸망의 가증한 상징물'이 거룩한 곳에 서 있는 것을 보면 (읽는 사람들은 깨달으라) 유대 땅에 있는 사람은 산으로 도망치라."

나사렛파는 단지 예수님의 말씀에 따라 산악지역인 페트라로 거처를 옮겼던 것이다.

이 일을 두고 바리새파와 사두개파 유대인이 예수를 믿는 나사렛파 일당을 민족의 배신자로 여기게 되었다. 이것이 바로 이스라엘의 유대인과 예수를 믿는 사람들 사이에 벌어진 역사적 갈등의 시작이다.

이런 갈등이 서기 135년에 또 일어났다. 이 사건을 이른바 '바르 코크바 반란'이라고 한다. 바르 코크바Bar Kokhba는 유대인 저항단체의 지도

자였다. 우리나라의 독립운동가이면서 청산리 전투를 성공적으로 이끈 김좌진 장군과 비교하면 어떨까 싶다. 바르 코크바는 과격하고 무자비한 지도자로 로마군과 전투를 할 때마다 승전하는 유대인의 우상 같은 인물이었다.

바르 코크바는 유대인 청년들을 모아 광야에서 전투 훈련을 시켰고, 강력한 무기로 맞대항하는 로마군들을 제압하기 위한 작전을 펼쳐나갔다. 이때는 바리새파와 사두개파, 나사렛파의 젊은 청년들이 모두 전투에 참여했다.

그런데 바르 코크바가 전투에서 뛰어난 실력을 보이며 로마군을 격퇴해나가자 당시 유명한 랍비였던 아키바가 이 바르 코크바를 로마의 압제에서 이스라엘의 유대인을 구원해줄 메시아로 인정하게 되었고, 수많은 유대인 청년은 랍비 아키바의 말대로 바르 코크바를 메시아로 받아들이게 된다.

그래서 예수만 메시아로 인정했던 나사렛파의 젊은 청년들이 그 전투대열에서 이탈하게 된다. 결국 바르 코크바가 이끄는 유대인 저항단체는 로마에 의해 진압되고 바르 코크바와 랍비 아키바가 로마군인에 의해 살해되면서 저항운동은 지리멸렬하게 끝을 맺게 된다.

이때에도 이스라엘의 유대인은 예수를 믿는 나사렛파를 민족의 반역자로 낙인찍는다. 예수를 믿는 유대인과 믿지 않는 유대인은 더 이상 화합을 하거나 대화가 되지 않는 갈등과 외면의 깊은 강을 건너고 만 것이다.

이후 이스라엘 땅은 서기 636년 이슬람의 3대 성지 중에 하나로 인정받게 되면서 이슬람교도들에 의해 점령당한다. 이때에도 예루살렘에는 모슬렘과 유대인이 적당한 거리를 두고 서로 어울려 살고 있었다. 그런데 그로부터 400여 년이 지난 1096년, 이교도들이 점령한 예루살렘 성지를 탈환하기 위한 십자군이 조직되어, 마침내 예루살렘으로 진격해

들어오게 된다. 이것이 바로 제1차 십자군 전쟁이다.

그런데 십자가 표시가 그려진 깃발과 방패를 앞세운 십자군들이 예루살렘에 들어오자마자 한 일은 모슬렘을 쫓아낸 것이 아니라 예루살렘에 살고 있던 유대인을 회당 안에 몰아넣고 불을 질러 모두 태워 죽였다. 예수님이 태어나고, 사역하고, 돌아가신 이스라엘 땅에 예수님을 십자가에 못 박은 유대인이 살고 있다는 것을 도저히 용납할 수 없었던 것이다.

회당 안에 갇힌 채 뜨거운 불길에 휩싸여 비명을 지르며 죽어가는 유대인들. 그들은 회당 밖에서 십자가 표시가 그려진 깃발을 들고 웃고 있는 십자군을 도저히 용서할 수 없었을 것이다.

이때 불에 타 죽은 예루살렘의 유대인 숫자가 전체 30만 명 중에 29만 9000명이라고 하니, 유대인의 살과 뼈가 타는 냄새가 몇날 며칠 동안 예루살렘에 진동했을 것이다.

그러니 유대인의 눈에 십자가가 좋을 리 있겠으며 예수를 호의적으로 생각할 수 있겠는가? 그 후로 1483년 독일에서 태어난 종교개혁가 마르틴 루터는 자신의 교리에 따르지 않는 유대인을 향해 독설을 퍼붓기 시작했다.

"해가 이 땅에 뜬 이래로 스스로를 신에게 선택받은 민족이라 자처하는 유대인만큼 피에 굶주리고 복수심에 들끓는 족속도 없을 것이다. 그들의 저주받을 저 고리대금업을 보면 알 수 있듯이 이 하늘 아래 불신자의 금과 은으로 입에서 악취를 풍기는 그들보다 더 탐욕스러운 민족이 없었고 또한 앞으로도 그런 민족은 없을 것이다.

그러므로 나의 친애하는 기독교 형제들이여, 알지어다! 사탄 다음으로, 진정 유대인이고자 하는 유대인만큼 우리에게 위험하고 독소적이며 골수에 박힌 적개심을 품은 적도 없음을… 저들 중에는 개나 소나 믿을 만한 망령된 미신이나 관습의 노예가 된 자들이 있다.

구약성경만 보더라도 유대인이야말로 이 세상에서 유례를 찾아보기 힘든, 온갖 타락상과 악의에 찌든 불량배들이라는 증거가 충분하니 그 누구도 내 생각을 바꿀 수는 없을 것이다. 고리대금업, 간첩, 배신과 기만 행위로 나라를 망치고 우물에 독약을 풀고 아이들을 훔쳐가는 등 온 세상에 퍼져 인간에게 해가 되는 갖은 못된 짓은 다 하는 족속이다."

유대인을 향한 마르틴 루터의 적개심은 가히 끔찍할 정도였다. 이런 마르틴 루터의 독설은 먼 훗날 히틀러가 저지른 홀로코스트에 논리적 기반을 제공하게 된다. 우리 모두가 알다시피 홀로코스트라는 엄청난 시련과 고난 속에 600만 명이나 되는 유대인이 총에 맞고 고문에 죽고 또는 가스실에 들어가 목숨을 잃게 된다.

힘없고 영문도 모르는 150만 명의 어린아이들도 함께 죽어갔다. 이 때 유대인은 바티칸의 교황청에 편지를 보냈다.

"우리가 죽어가는 것은 어쩔 수 없지만 무고한 150만 명의 어린 생명들만큼이라도 죽음의 쓰나미에서 피해갈 수 있도록 히틀러에게 이야기를 전해주십시오."

그러나 바티칸의 교황청에선 유대인의 피가 흐르는 이상 무고한 생명은 없다는 답변뿐이었다. 그러니 유대인이 갖는 마르틴 루터와 교황에 대한 악감정은 히틀러보다 더하면 더했지 덜할 수는 없는 것 아닐까?

3부
유대인의 힘

토라와 탈무드

영국의 역사학자 아놀드 토인비는 "지구상에서 발생한 문명은 모두 28개였는데 그중에 많은 문명이 이미 죽었고 지금도 서서히 죽어가고 있지만 단 하나 유대 문명만큼은 지금도 활발히 살아 있다"고 했다.

실제로 유대 민족은 2000여 년 동안 이 나라 저 나라를 떠돌아 다니며 힘겹게 살았지만, 그들의 문명은 여전히 계승되고 있으며 또 발전하고 있다. 오히려 1948년 팔레스타인 땅에 이스라엘 국가를 건설하면서 다시 타오르고 있다고 할 수 있다. 도대체 이 끊이지 않는 문명의 연결 고리는 무엇일까? 그것은 유대인의 정신적 교과서인 토라와 탈무드이다.

기독교에선 구약과 신약이 66권으로 구성된 성경책을 경전으로 읽고 있다. 구약에는 모세 오경을 비롯해 이 땅에 오게 될 메시아에 대한 약속이 적혀 있으며, 신약에는 이 땅에 온 메시아가 우리에게 하는 약속으로 구성되어 있다. 하지만 유대교인은 예수를 메시아로 인정하지 않기 때문에 신약 자체를 경전으로 받아들이지 않는다. 오직 하나님과 직접 대화를 하고 계명을 받아온 모세가 쓴 모세 오경만 읽는다. 그것이 바로 토라Torah이다.

토라는 율법 또는 성경의 모세 오경인 창세기Genesis, 출애굽기Exodus, 레위기Leviticus, 민수기Numbers, 신명기Deuteronomy를 이르는 명칭인데, 이 토라는 모든 유대인 회당에서 유대인의 삶과 신앙의 중심이 된다.

토라의 어원은 '던지다' '길을 가리키다' 로 교훈·가르침 등을 뜻하

53

며 하나님의 가르침이나 계시를 총체적으로 의미한다.

토라는 크게 두 가지로 나뉜다. 모세가 손으로 직접 쓴 모세 오경과 이것을 해석하고 확대 적용하는 미슈나Mishnah와 탈무드Talmud인 구전 토라이다.

유대인은 오직 토라만 경전으로 여기며 그것을 읽고 묵상하며 외우고 거기에 적혀 있는 율법에 맞춰 생활하고 있다.

요즘에는 종이에 인쇄된 간편한 토라도 있기는 하지만, 신명기 31장 24절에 "모세가 이 율법의 말씀을 다 책에 써서 마친 후에…"라고 기록되어 있기 때문에 토라는 대체로 손으로 직접 쓴다. 지금도 시나고그의 강대상에 갖고 올라가는 토라는 전부 손으로 쓴 것이라야 한다.

그리고 토라는 반드시 송아지 가죽에 써야 하는데, 사람에게 죽임을 당한 송아지 가죽은 안 되고 자연사로 죽은 송아지 가죽에 써야 한다. 약 60만 단어로 된 토라를 전부 쓰려면 60여 마리의 송아지 가죽이 필요하다. 송아지 가죽이 아닌 소가죽에 쓰면 너무 무거워서 들고 다닐 수가 없다.

그리고 토라를 쓸 때도 지켜야 할 법칙이 있다. 토라의 내용 중에 하나님이라는 단어가 나오면 모든 필기 작업을 중단하고 목욕을 해야 한다. 더러운 몸으로 하나님이라는 단어를 쓸 수 없기 때문이다. 그리고 철이 조금이라도 들어간 펜으로 써서는 안 된다. 철은 칼이나 무기를 만드는 용도로 사용되므로 사람을 죽이는 철로 하나님이라는 단어를 쓸 수 없기 때문이다.

그래서 토라는 반드시 붓으로 써야 하는데 쓰다가 틀리면 그 부분만 다른 가죽을 덧대어 고쳐 쓸 수 있지만, 하나님이라는 단어를 잘못 쓸 경우에는 처음부터 다시 써야 한다.

그리고 토라를 쓸 때는 반드시 두 명 이상이 곁에서 지켜보고 있어야 한다. 혼자서 골방에 앉아 쓰면 졸 수도 있고, 잘못 쓴 것을 모르고 지나

칠 수도 있기 때문이다. 그리고 아무리 급하고 바빠도 빨리 쓰면 안 되고 천천히 말씀을 묵상하면서 써야 한다. 그래서 토라 한 권을 쓰는 데 약 3년이 걸린다고 한다. 엄청난 정성을 들이지 않으면 완성할 수 없는 것이다.

토라는 현재도 안식일에 유대인 회당에서 읽히고 있다. 유대인에게 토라에 대한 연구는 가장 우선적인 일이다. 그것은 "이 율법책을 네 입에서 떠나지 말게 하며 주야로 그것을 묵상하여 그 가운데 기록한 대로 다 지켜 행하라"라는 여호수아 1장 8절에 나오는 말씀 때문이다.

토라를 지키기 위해서라면

유대인이 토라를 얼마나 소중히 여기는지를 알 수 있는 유명한 일화가 있다.

기원후 70년에 이스라엘은 로마의 공격을 받았다. 그 당시 로마의 공격 방식은 군인들이 성을 빙 둘러 포위하여 성안의 사람들을 밖으로 나오지 못하게 하는 것이었다. 성안에서 굶어 죽든 병에 걸려 죽든 내버려 두었기 때문에 수많은 사람이 예루살렘 성안에서 전염병에 걸려 죽거나 굶어 죽었다.

유대인 랍비 요하나 벤 자카이는 이런 상황에서는 얼마 안 있어 예루살렘이 로마에 의해 전멸당할 것임을 알고 로마의 장군을 만나서 담판을 지으려 했다. 하지만 도저히 성 밖으로 나갈 방법이 없었다. 그 랍비는 자신이 병에 걸려 죽었다고 소문을 내고 관 속에 들어가 성 밖으로 나가기로 결심했다. 성 밖으로 나가려면 그 방법밖에 없었다. 예루살렘 성안에는 무덤이 없어서 장례를 치를 수 없었기 때문이다.

시체로 위장해서 성 밖으로 나간 랍비는 드디어 로마 장군을 만나게 되는데, 그는 곧 로마의 황제가 될 베스파시안 장군이었다.

랍비는 장군에게 당신은 곧 로마의 황제가 될 것이라고 예언했다. 하지만 베스파시안 장군은 이 말을 믿지 않았다. 그리고 랍비는 베스파시안 장군에게 예루살렘 성문을 열어주는 대신 예루살렘에서 멀리 떨어진 야브네 마을만은 파괴하지 말아달라고 부탁했다. 도대체 왜 예루살렘 성은 포기하면서 야브네 마을만은 파괴하지 말라고 한 것일까?

베스파시안 장군은 그 조건의 깊은 의미를 알지 못해 선뜻 수락하지 않았다. 하지만 요한나 벤 자카이 랍비와 베스파시안 장군이 대화를 나누고 있을 때 놀라운 소식이 전해졌다. 베스파시안 장군이 로마의 황제가 되었다는 전령이 도착한 것이다. 조금 전에 랍비가 한 예언이 현실로 드러나자 놀란 베스파시안 장군이 곧바로 랍비의 부탁을 수락했다.

야브네가 어떤 마을이기에 파괴하지 말아달라고 부탁했을까? 예루살렘과 맞바꿀 만한 야브네는 어떤 마을일까?

야브네는 유대인 학자와 랍비들이 토라를 쓰고 연구하는 마을이었다. 요한나 벤 자카이 랍비는 하나님이 직접 모세에게 일렀고 모세가 직접 손으로 쓴 모세 오경, 토라, 그리고 토라를 가르치는 학교만 있다면 비록 예루살렘 성이 무너지고 파괴되어도 하나님의 백성인 유대인을 보호할 수 있다고 믿었던 것이다.

랍비의 생각은 맞았다. 그들은 수천 년 동안 나라 없이 떠도는 민족이 되었어도 하나님을 잊지 않았고, 민족 정신은 그대로 이어져 결국엔 나라를 되찾게 되었으니까….

이것이 바로 유대인이 생각하는 토라이다. 유대인은 토라를 어려서부터 읽고 외우기 시작한다. 어릴 때 토라를 배우면 그 말씀이 피로 흡수되어 입으로 깨끗하게 나오고, 노년에 배우면 피로 흡수되지 못하여 깨끗한 말씀이 되지 못한다고 믿기 때문이다.

탈무드란 무엇일까

탈무드는 히브리어로 '배움', 또는 '연구'라는 뜻인데 탈무드의 역사는 꽤 오래되었다. 기원전 500년부터 기원후 500년 동안 그러니까 약 1000년 동안 유대인에게 구전으로 내려오는 여러 가지 이야기를 집대성한 것이다.

좀 더 자세히 얘기하면 기원전 586년에 예루살렘 성전이 바벨로니아에 의해 무너지고 남유다는 멸망하게 된다. 이때 에스겔의 집에 여러 유대인 장로가 모여서 토라를 연구하기 시작했고, 이때 나온 이야기들을 정리한 것이 미슈나Mishna이다. 그 후에 미슈나를 가지고 토론한 것을 정리한 것이 탈무드이다.

그래서 탈무드를 보면 크게 두 가지 내용으로 분류된다. 탈무드의 가운데에는 전통적으로 내려오는 미슈나가 적혀 있고, 그 위아래 그리고 양옆에는 미슈나 내용에 대한 각자의 의견과 해설이 기록되어 있다. 이것을 '게마라Gemara'라고 한다.

하나의 미슈나를 두고 해석한 내용들은 서로 다르다. 같은 페이지 안에 정반대의 의견이 있는 것을 보면 서로 다른 시각을 갖는 게 당연하고 정당하다고 생각했음을 알 수 있다.

예를 들어 말을 타고 가는 어떤 사람은 걸어가는 것일까? 가만히 앉아 있는 것일까?

이것은 정답이 없다. 각자 생각하기 나름인데 어떤 생각을 왜 하게 되었느냐를 추론하는 것이 바로 탈무드이다.

그런가하면 답이 정확히 떨어지는 경우도 있다.

한 거리에 두 사람이 가게를 열려고 하는데 이때 서로가 지켜야 할 것은 무엇일까 하는 질문이 있다. 한 사람이 아래층에서 곡식 저장고를 운영할 경우 그 위층에서 빵집이나 염색집을 하면 안 된다고 적혀 있다. 위에 있는 빵집이나 염색집에서 발생하는 열기 때문에 아래층에 있는

곡식이 쉽게 상할 수 있기 때문이다. 그 대신에 아래층에 포도주 가게가 들어선다면 위층에서 나오는 열기가 그다지 문제가 되지 않을 것이다. 그러나 위층에 그런 가게가 먼저 들어섰다면 얘기는 또 달라진다.

이런 식으로 하나의 주제를 놓고 여러 가지 상황을 만들어가면서 그때 마다 다른 해석과 의견, 해답을 적어놓은 것이 바로 탈무드이다.

유대인은 이렇게 탈무드를 읽으며 구체적인 사실에 대해 토론하고 추론하면서 어려서부터 실용적인 논리와 사고를 키운다. 법전은 아니지만 법에 관한 이야기가 담겨 있고, 역사책은 아니지만 역사 이야기가 담겨 있으며, 인물 사전은 아니지만 인물에 관한 이야기가 실려 있다.

탈무드는 역사가 오래된 만큼 고난도 많이 겪었다. 1240년 로마의 교황 그레고리우스 9세는 탈무드를 모두 불태우라고 명령했고, 유럽의 기독교 왕들에 의해 금서가 되면서 탈무드를 소지한 사람이 사형을 당하기도 했다. 당시 로마의 교황과 유럽의 기독교 왕들은 유대인의 정신과 정체성을 지키는 데 탈무드가 매우 중요한 역할을 한다는 것을 알고 있었던 것이다.

옛날에 한 랍비가 시골의 어느 마을을 방문했다. 수차례 여러 다른 민족의 침입을 받았지만 그때마다 잘 지켜낸 마을이었다. 그 마을 관리자는 이 랍비에게 훌륭한 군사시설을 구경시켜주었다. 잘 정비된 울타리와 훈련 잘된 군인들도 보여주었다.

하지만 랍비의 생각은 달랐다. "그동안 이 마을을 지킨 것이 훌륭한 군사시설과 군인들뿐이라고 생각하십니까? 왜 내게 탈무드를 읽고 배우는 학교를 보여주지 않습니까? 이 마을을 지키는 것은 바로 학교입니다"라고 말했다.

근래에 유대인에 대해 알고 싶은 어떤 사람이 유대인을 이해하려면 탈무드를 읽어야 한다고 생각하여 유대인 랍비를 찾아가 탈무드를 빌려줄 수 있느냐고 물었다. 그랬더니 이 유대인 랍비가 하는 말이 "빌려주는 것은 어렵지 않지만 책을 가져가려면 트럭을 끌고 와야 할 것이다"라고 대답했다. 탈무드의 양이 그만큼 방대하다는 뜻이다.

탈무드는 모두 20권으로 되어 있으며 1만 2000여 페이지에 이른다. 그 책에 실린 단어도 250만 개 이상이며 탈무드 책을 모두 합치면 약 70kg이 넘는 엄청난 무게이다.

이 남자가 랍비에게 다시 물었다.

"탈무드란 과연 어떤 책입니까?"

그러자 랍비가 대답했다.

"탈무드가 어떤 책이라고 쉽게 설명할 사람은 지구상에 단 한 사람도 없소이다. 탈무드는 쉽게 쓰여진 것이 아니며 단 몇 마디로 내용을 표현할 수 없는 책이기 때문이오."

탈무드는 이처럼 유대인에게는 '얼'이나 다름없다고 할 수 있다. 2000년이란 세월 동안 세계 각처에 흩어져 수난을 겪으며 살아야 했던 유대 민족에게는 탈무드가 정신적 지주였던 것이다.

우리가 사서삼경이나 목민심서 같은 책을 모두 읽지 않는 것처럼 유대인 역시 한 사람도 빠지지 않고 탈무드를 읽고 공부했다고는 할 수 없을 것이다. 그러나 유대인 대부분은 탈무드에서 정신적 자양분을 취하고, 생활 규범을 찾고 있는 것은 분명하다.

탈무드는 유대인을 유대인답게 만들었고, 또한 유대인이 탈무드를 지켜온 것 못지않게 탈무드가 유대 민족을 지켜왔던 것이다.

유대인의 정신적 지주 랍비

제44대 미국 대통령으로 당선된 버락 오바마가 2008년 7월 24일 예루살렘의 통곡의 벽에 갔을 때의 모습이 전 세계의 주요 신문에 실린 적이 있다.

버락 오바마 곁에 하얀 수염의 노인이 서 있고 버락 오바마가 그 노인에게서 설명을 듣고 있는 모습이다. 그리고 작은 종이에 기도문을 작성해서 통곡의 벽 틈 사이로 끼우는 장면도 있다. 버락 오바마에게 통곡의 벽에 대해 자세히 설명하던 그 노인이 바로 예루살렘의 랍비rabbi이다.

성경에도 여러 번 소개되는 랍비가 아직까지도 이스라엘에서 활동하고 있는 것이다. 랍비는 과연 누구이며 무슨 일을 할까? 랍비는 히브리어로 '교사'라는 뜻이다. 우리나라로 치면 옛날 서당의 훈장님 정도라고 하면 될까? 아니 단순히 글만 가르치는 훈장님보다는 더 폭넓은 의미의 선생님이라고 봐야 할 것 같다.

유대인에게 토라나 탈무드를 가르치는 일과 유대인 공동체에서 일어나는 작은 일에서부터 큰일에 이르기까지 직접 나서서 주관하는 등 정신적 어른 역할을 하기 때문이다.

요즘의 랍비는 신약시대의 랍비와 그 의미와 역할이 조금 변형되기는 했지만, 랍비는 유대인의 역사에서 절대로 빼놓을 수 없는 사람들이다. 특히 예수 시대의 랍비들은 종교적 권위와 신분이 너무 높아 자만에 빠지거나 겉치레와 형식에 치우치는 경향이 많았던 것 같다. 그래서 마태복음 23장 7절에 보면 예수가 제자들에게 서기관과 바리새인들에 대해서 말하기를 "시장에 가면 인사받기를 좋아하고 사람들한테 '랍비'라고 불리기를 좋아한다. 그러나 너희는 '랍비'라고 불려서는 안된다."

▶
랍비.

고 했을 정도였으니까.

예수 당시의 랍비는 특별한 직업이 아니었다. 그래서 제사장이나 서기관, 바리새인들이나 산헤드린 공회의 회원들 중에 나이가 많고 모세오경에 대한 지식이 많은 사람들을 랍비라 불렀다. 그러니까 종교적·인격적으로 존경받을 만한 사람을 랍비라 불렀던 것이다.

가롯 유다가 예수를 향해 랍비라고 부르는 장면이 마태복음 26장 25절에 나온다. 예수는 자신을 랍비라고 불러달라고 부탁한 적도 없고 오히려 랍비라고 불리는 걸 자랑하지 말라고 했는데도 가롯 유다는 최후의 만찬 장소에서 예수를 랍비라고 불렀던 것이다.

그런가하면 성경에는 랍비 말고 '랍오니'라는 호칭도 등장한다. 요한복음 20장 16절에 보면 예수가 십자가에 매달려 돌아간 후 마리아가 예수의 무덤에 찾아가 예수의 시신이 없어진 것을 확인하고 울자 예수가 나타나서 마리아의 이름을 부른다. 그때 마리아는 예수를 향해서 '랍오니'라고 불렀다.

랍비는 라브_{rab}라는 말에서 왔다. 라브는 '크신 분'이라는 뜻인데 이 말에 1인칭 소유격 대명사 접미어인 y가 붙으면서 가장 크신 분이라는 고유명사가 된 것이다.

랍비가 되기 위한 길

예수 시대엔 나이가 지긋하고 인격적으로나 종교적으로 존경받을 만한 사람, 그리고 성경에 대해서 해박한 지식이 있어서 어떤 질문이든 척척 대답해줄 수 있는 사람이 랍비라는 호칭을 받을 수 있었다. 하지만 오늘날 이스라엘에서는 일종의 자격증이 있어야만 랍비라고 불리며 랍비로서의 역할을 감당할 수 있다.

그렇다면 요즘은 어떤 사람이 랍비가 될 수 있으며, 또 어떤 과정을 거쳐야 할까? 랍비가 되려면 일반 대학의 학사 과정을 기본적으로 거쳐야 한다. 랍비를 교육하는 기관이 대학원에 해당하기 때문이다.

랍비 학교에 들어가려면 아주 까다롭고 엄격한 시험을 치러야 한다. 입시 과목을 보면 성경은 물론이고 히브리어, 아랍어, 그리고 이스라엘의 역사와 유대문학, 법률학, 심리학, 설교학, 처세철학, 교육학 등을 공부해야 한다. 또 졸업하기 전에는 몇 편의 논문도 제출해야 하며 그동안 공부한 것을 총정리해서 또다시 최종 시험을 치러야 한다. 랍비가 되기 위해선 몇 년 동안 오로지 도서관에서 책과 씨름해야 하고 그 과정이 험난하기가 이루 말할 수 없다.

그리고 유대인의 민족 교과서라고 할 수 있는 탈무드도 열심히 공부해야 한다. 탈무드 과목은 일반 교수가 강의를 하는 게 아니라 탈무드에 대해서 오랫동안 연구하고 인격이 훌륭한 분들이 강의를 한다.

랍비 학교에 입학하면 모두 기숙사 생활을 해야 한다. 100여 명의 학생들이 함께 생활하는데 그렇다고 해서 수도원 생활처럼 엄격한 규율을 지켜야 하는 것은 아니다. 저녁에 시간이 나면 운동복으로 갈아입고 농구를 하거나 근처의 가까운 카페나 음식점에 가서 책을 읽기도 하며 비교적 자유롭게 생활한다. 그러나 그들이 공부해야 할 양을 생각한다면 누가 뭐라 하지 않아도 스스로 책을 들고 책상에 앉아 있을 수밖에 없다.

이렇게 4~6년 동안 공부한 뒤 졸업 시험을 치르고 랍비로서의 자격을 갖추게 되면 2년 동안 학교에서 요구하는 봉사활동을 해야 한다. 종군 랍비가 되거나 랍비가 없는 마을에 가서 봉사를 하는 것이다.

종군 랍비는 크게 여섯 가지의 일을 하게 된다. 첫 번째, 전쟁 전에 장병들의 사기를 북돋우는 일을 하게 된다. 전투를 잘할 수 있도록 정신 무장을 시키는 것이다. 두 번째는 전쟁 윤리를 교육시킨다. 전장에서의 도덕적 갈등을 해소해주는 일이다. 세 번째는 유대교의 율법을 지키도록 감독한다. 전장에서 벌어지는 특수한 상황에서 율법 준수에 대한 갈등을 해소해주는 것이다. 네 번째는 유대교의 종교 의식을 거행하고, 다섯 번째는 전투에서 실종된 병사를 찾는 일을 한다. 실종된 병사의 생사를 확인하고 그 가족들을 관리하며 그들의 재혼 등 복잡한 문제들을 해결하는 일을 한다. 여섯 번째는 전사자들의 사후 처리를 맡아서 한다. 전사자들의 신원을 확인하고 장례의식을 거행한다.

그렇다면 마을로 간 랍비는 무슨 일을 할까? 유대인은 10명 이상 모이는 곳에는 반드시 시나고그라는 회당을 만들어야 한다. 그래서 유대인이 모여 사는 곳엔 반드시 시나고그가 있는데, 이 시나고그를 관리하고 시나고그에 오는 유대인과 함께 예배를 드리고 설교를 하는 역할을 바로 랍비가 한다. 이스라엘에는 수시로 여기저기서 시나고그가 생겨나는데 랍비가 없는 시나고그에 이 초보 랍비들을 보내는 것이다.

이때 일정한 절차가 있는데, 유대인이 시나고그를 만든 다음 예루살렘의 중앙 랍비 학교에 랍비 초청 신청서를 보내고 학교에선 초보 랍비들 중 지원자를 모집한다. 지원한 초보 랍비가 신청서를 보낸 마을로 찾아가면 그 마을의 어르신들이 면접을 본다. 그 과정에서 마을 어르신이 랍비가 맘에 들지 않으면 다른 랍비를 신청하고 마음에 들면 그 마을에 랍비로 부임하게 되는 것이다.

랍비의 생활비는 해당 마을에서 부담한다. 15세기 이전만 해도 랍비는 사례금을 받지 않았다고 한다. 그래서 대부분의 랍비들이 직업을 가지고 있었다. 그러다 보니 마을에 중요하고 급한 일이 생겼을 때 랍비를 부를 수 없는 경우도 종종 있었다고 한다. 급하게 장례를 치러야 하거나 마을의 분쟁이 생겼을 때 랍비가 와서 해결해주어야 하는데 돈을 벌러 출타한 경우가 있었던 것이다. 그래서 15세기경부터는 랍비에게 다른 일은 못하게 하는 대신 생활비를 마을에서 각자 얼마씩 추렴해 마련해준 것이 오늘날까지 이어지게 되었다고 한다.

랍비가 하는 일

랍비는 마을에서 어떤 일을 할까?

유대인 사회에 정통주의, 보수주의, 개혁주의가 있듯이 종파에 따라 랍비가 하는 일은 약간씩 차이가 있다.

할례식을 거행할 때는 아기의 몸에 칼을 대고 실로 꿰매는 의사가 되기도 하고, 유대인들 사이에서 작은 분쟁이 일어나면 신앙적인 기준으로 지혜롭게 해결해주는 법관이 되기도 하고, 또 유대인의 권위를 대변해주는 변호사가 되기도 한다. 그러기 위해선 항상 마을에 함께 있으면서 유대인의 크고 작은 일들에 깊숙이 참여해야 한다. 마을에 아기가 태어나면 그 집으로 찾아가서 축복해주고, 또 아기가 태어난 지 8일째 되면 할례식도 거행해줘야 하고, 결혼식이 있으면 주례도 서야 하고, 사람이 죽으면 장례도 치러주어야 한다. 이렇게 유대인의 모든 경조사에는 반드시 랍비가 동참해야 하고, 또 사안에 따라서는 예식도 집례해야 한다.

어디 그것뿐인가? 마을에 상점을 열 때도 반드시 랍비를 찾아가 상담을 받아야 한다. 랍비는 그 상점이 종교적으로 문제가 없는지, 그리고 다른 상점과의 관계에서 불편한 일이 생기지 않을지를 조언해준다.

그리고 모세 오경에 기록된 하나님의 규율을 엄격히 따르며 생활하는 유대인에게는 전통적인 신앙 생활 방식과 현대문명 사이에서 갈등하는 일이 많이 생긴다. 예를 들어 유대인은 안식일에 절대로 전화를 걸거나 받지 않는데 그럼 휴대폰에 찍히는 문자메시지는 어떻게 해야 하는가? 그리고 외국에서 새로 들어온 프랜차이즈 음식점을 오픈하려고 하는데 이런 음식점이 모세 율법에 따른 정결음식법에 위배되는지 알 수 없을 때 랍비를 찾아가 지혜를 구하고 해답을 얻기도 한다.

시나고그를 잘 관리하고 예배 때 설교를 하는 것은 당연한 임무이다. 한 마디로 랍비는 4000년 유대 역사에서 지켜온 전통을 연구하고 태어나서 죽을 때까지 유대인 사회의 크고 작은 문제들을 해결해주는 역할을 한다.

랍비의 세계에서는 상하 관계나 서열이 없다. 그러나 어떤 랍비가 다른 랍비에 비해 좀 더 지혜롭다고 인정되면 그 랍비가 유대인의 어려운 질문에 대답할 수 있고 자연적으로 다른 랍비는 더 지혜로운 랍비의 의견에 따르게 된다.

이스라엘 사람들의 랍비에 대한 신뢰와 존경은 상상을 초월한다. 어찌 보면 법이나 경찰보다도 랍비의 말 한 마디가 더 큰 효력을 발휘한다. 또 이스라엘 사람들은 랍비의 의견에 전폭적인 신뢰를 보낸다. 랍비는 마을의 정신적 기둥이자 어른이고 또 언제든지 찾아가 상담할 수 있다. 그리고 유대인은 집안의 크고 작은 일에는 반드시 랍비를 초청하는 등 랍비에 대한 존재를 인정하면서 존경한다.

랍비가 오늘날 이스라엘을 지탱해주는 가장 큰 힘일지도 모르겠다.

랍비를 향한 공격

2008년 3월 6일, 예루살렘의 메르카즈 하라브 예시바 랍비 학교에서는 평소와 다름없이 예비 랍비들이 모여서 열심히 탈무드를 연구하고 있었다. 탈무드를 읽으며 연구하는 시간은 랍비 수업 중에서도 가장 중요하기 때문에 어디서도 발걸음 소리가 들리지 않을 만큼 조용했다.

그런데 바로 그때 팔레스타인 청년 두 명이 갑자기 들이닥쳐 예비 랍비들의 등을 향해 기관총을 난사하기 시작했다. 조용했던 예시바 랍비 학교는 총소리와 짙은 화약 냄새로 가득했으며, 너무도 갑작스럽게 일어난 일이라 예비 랍비들은 비명 한 마디 지르지 못하고 앞으로 고꾸라지고 말았다. 교실 바닥은 학생들의 몸에서 흘러나온 피로 벌겋게 물들었고 숨이 끊어지지 않은 몇 명의 학생들은 파르르 몸을 떨고 있었다.

이날의 테러로 인해 8명의 예비 랍비들이 그 자리에서 절명했고 35명이 중상을 입었다. 팔레스타인 청년 한 명은 곧바로 체포되었고, 온몸에 폭탄을 두르고 있던 다른 한 명은 이스라엘 경찰에 의해 사살되었다.

2000년 전, 이스라엘 지역을 점령하고 있던 로마군들 역시 랍비 학교를 탄압하는 데 온 힘을 기울였다. 랍비 학교를 폐쇄하고 랍비를 가르치는 책을 모아 불살랐으며 랍비의 교육을 엄격히 금지시켰다. 당연히 랍비 선생을 처형했고, 또 랍비 임명식을 하면 그 임명식을 주관한 랍비와 새로 임명받은 랍비를 모두 찾아내 처형했다. 심지어는 그 임명식에 참

관한 구경꾼들까지도 찾아내 처형했다. 그래서 2000년 전에는 랍비 교육과 임명식을 숲이나 들판에서 몰래 진행했다고 한다.

팔레스타인 무장 테러범은 왜 랍비 학교를 공격했으며 2000년 전 로마 군인들은 왜 그토록 랍비 학교를 폐쇄하려 했을까? 유대인의 정신을 말살하고 정통성을 끊으려면 랍비 학교부터 제거해야 했기 때문이다. 유대인의 도시를 없애려면 랍비를 없애야 하고, 랍비가 없으면 시나고그가 운영되지 않을 테니 자연적으로 유대인 사회가 정지되고 마침내 붕괴되리라고 생각했던 것이다.

그러나 그런 노력에도 불구하고 지난 수천 년 동안 유대인의 랍비 문화는 사라지지 않았으며 때로는 지하에서, 때로는 들판에서 랍비 교육이 이루어졌고, 랍비들은 탈무드와 토라를 연구하며 유대인의 정신적·신앙적 지주 역할을 감당해왔다.

이처럼 오늘날까지도 예루살렘을 비롯한 각 지역에서 랍비 학교가 운영되고 있는 것이 팔레스타인 테러범들에겐 눈엣가시처럼 여겨졌고, 2000년 전 로마군들처럼 랍비 학교를 공격했지만 결국 실패하고 말았던 것이다.

지금도 지구상 어딘가에 유대인이 10명 이상 모여 있으면 그곳엔 반드시 시나고그가 있고, 그 시나고그 안에는 오늘도 토라와 탈무드를 읽으며 연구하고 있는 랍비가 있다. 이것이 수많은 시련과 박해 속에서도 유대인의 혈통과 문화를 잃지 않고 살아가는 큰 힘이 되고 있는 것이다.

가난했지만 공부를 하고 싶었던 랍비, 힐렐

힐렐Hillel은 2000년 전 바빌로니아에서 태어나 스무 살이 되던 해 이스라엘로 갔다. 당시는 이스라엘이 로마의 지배를 받던 때라서 이스라엘에서의 생활은 어렵기 짝이 없었다. 힐렐은 하루 벌어 하루 먹기도 힘든 상황에서도 공부를 하고 싶었지만 수업료가 없어서 강의를 들을 수가 없었다.

그러던 하루는 유대인 학생들을 모아놓고 수업 중이던 교실이 갑자기 어두컴컴해졌다. 그 교실에는 천장에 작은 구멍이 나 있었는데, 그 구멍이 검은 물체로 가려져서 교실이 어두워졌다는 것을 알게 된 랍비가 교실 밖으로 나가 지붕을 올려다보고 깜짝 놀랐다.

그 검은 물체는 힐렐이었는데 추운 겨울날에 내린 하얀 눈이 온몸이 덮여 있었다. 공부는 하고 싶었지만 돈이 없었던 힐렐은 교실 지붕에 난 작은 구멍을 통해 랍비의 강의를 듣다가 너무나 피곤해서 엎드려 잠이 들었던 것이다.

랍비는 눈시울을 붉히면서 온몸이 꽁꽁 언 힐렐을 지붕에서 끌어내려 교실 안으로 데려와서 따뜻한 불가에 앉혀 강의를 듣게 했다. 이후 힐렐은 수업료를 내지 않고 랍비의 강의를 들을 수 있게 되었다. 그 랍비는 돈이 없어서 공부를 하지 못하는 것은 유대인의 미래를 제한하는 것이며, 유대인이라면 돈이 있든 없든 누구든지 공부를 할 수 있어야 한다고 생각하는 사람이었다.

힐렐의 이야기가 삽시간에 이스라엘 전역에 퍼졌고 그때부터 모든 학교에서는 수업료를 받지 않게 되었다. 그 전통은 지금까지 이어져 내려와 이스라엘에서는 유치원에서부터 고등학교까지 의무교육이면서 학비가 전액 무료이다. 그렇게 공부한 힐렐이 훌륭하고 지혜로운 랍비가 된 것은 당연한 일이다.

어느 날 한 남자가 힐렐의 지혜를 시험하기 위해 찾아왔다. 그는 갑자기 힐렐 앞을 가로막고는 양팔을 벌리면서 한쪽 발로만 섰다. 그 남자는 금방이라도 옆으로 쓰러질 듯 비틀거리다가 애써 중심을 잡으며 물었다.

"랍비여, 탈무드의 가르침이 뭔지 제가 한 발로 서 있는 동안에 빨리 설명해주십시오."

이 남자는 똑같은 질문을 힐렐을 찾아오기 전에 이미 다른 랍비에게도 했는데, 그때의 랍비는 소리를 냅다 지르면서 이렇게 말했다고 한다.

"이보시오, 당신이 그렇게 금방이라도 쓰러질 듯 비틀거리는데 탈무드의 그 많은 진리를 어찌 다 설명한단 말입니까? 장난치지 말고 어서 돌아가시오."

그렇다면 힐렐은 과연 뭐라고 대답했을까? 힐렐은 계속 뒤뚱거리는 그 남자를 향해 이렇게 말했다.

"당신이 하기 싫은 일은 남에게 강요하지 마시오. 그것이 탈무드 진리요."

미슈나의 아버지, 랍비 아키바

또 한 사람의 훌륭한 랍비는 바로 아키바 벤 요셉Akiba ben Joseph이다.

서기 40년에 태어나 135년 로마군에 의해 처형당한 아키바는 다른 랍비들과는 달리 뒤늦게 공부를 시작했다. 그 역시 집안이 가난해서 공부할 틈이 없었고 40세가 될 때까지도 글을 몰라 책을 읽지 못했다.

하지만 그의 아내인 라헬이 글도 읽지 못하는 아비가 어찌 자녀를 키울 수 있겠냐며 생업을 모두 접고 공부에 전념하게 해주었다. 그 후 아키바는 13년 동안 열심히 공부해서 마침내 훌륭한 랍비가 되었다. 아키바는 이스라엘 역사 이래 최초로 유대교 법전인 미슈나의 기초를 만들었고, 유대인 개인과 사회 그리고 종교 생활 등을 규제하는 구전 전승들을 수집하여 체계적으로 정리했다. 그래서 아키바를 '미슈나의 아버지'라고 부르기도 한다.

또 의학과 천문학, 외국어에 능통해서 서기 95년경에는 유대 민족의 사절로 로마를 방문하기도 했다. 그때 함께 간 다른 유대인들은 로마의 장엄한 건축물을 보며 눈물을 흘렸다. 20년 전 로마에 의해 예루살렘과 성전이 파괴된 일이 떠올랐기 때문이다. 예루살렘은 돌 하나 남김없이 파괴되었는데 로마에는 어마어마한 건축물들이 자리 잡고 있으니 부아가 치밀었던 것이다. 그러나 아키바는 눈물을 흘리지 않았다. 그는 이렇게 말했다.

"하나님께서 이처럼 로마인에게 관대하신데 하물며 우리 이스라엘 민족에게는 얼마나 더 관대하실까…."

그러면서 아키바는 예루살렘의 멸망이 예언대로 된 것처럼 예루살렘의 재건이 예언대로 반드시 이루어지리라 확신했다. 그리고 그 예언이 이루어지기 위해서는 유대인이 끊임없이 공부해야 하며, 물고기가 물을 떠나 살 수 없듯이 유대인은 학문을 떠나서는 살 수 없는 민족이라고 주장했다. 로마 군인에게 채찍질을 당할 때에도 공부를 해야 하고, 로마 군인에 의해 집 안의 모든 가재도구가 불타도 책만큼은 보호해야 한다고 부르짖었다.

로마에서 이스라엘로 돌아온 아키바는 다른 유대인들과 함께 로마에 대항하는 반란에 동조했다는 이유로 붙잡히게 된다. 이때 아키바는 반란 활동을 하고 로마에 저항했다는 죄목보다는 유대인을 향한 대중교육을 중단하지 않았다는 죄목이 더 컸다.

아키바는 사형을 선고받은 것으로 알려지고 있는데, 불에 달군 인두로 온몸을 지져 죽음을 당했다고 한다.

로마 군인이 아키바 옆에서 인두를 시뻘겋게 달굴 때는 아키바의 기도 시간이었다. 하지만 아키바는 전혀 동요 없이 평소에 하던 대로 기도를 했다고 한다. 그 모습을 본 로마 군인이 아키바에게 물었다.

"잠시 후 당신의 몸을 지질 인두를 달구고 있는데도 기도가 나오시오?"

그러자 아키바가 대답했다.

"죽음을 눈앞에 두고도 하나님을 위해 기도하는 내 모습을 보면서 내가 정말로 하나님을 사랑하고 있음을 알게 되어 기쁠 뿐이오."

그리고는 곧 그가 그렇게도 사랑하는 하나님 곁으로 갔다.

히브리어를 되살린 랍비 벤 예후다

예루살렘의 올드 시티 근처에 벤 예후다Ben Yehuda라는 거리가 있다. 이 거리는 마치 우리나라의 명동이나 홍대 앞처럼 옷 가게가 즐비하고 또 밤이 되면 많은 음식점과 펍이 문을 열어 젊은이들의 발걸음이 끊이지 않는 곳이다. 특히 안식일이 끝난 토요일 저녁에는 불야성을 이룰 만큼 많은 사람이 몰려 나온다. 벤 예후다는 이스라엘의 랍비 이름이다. 그러니까 우리나라의 퇴계로나 을지로, 충무로처럼 벤 예후다라는 랍비의 이름을 딴 거리인 것이다.

앞서 소개한 유명한 랍비 아키바나 힐렐 그리고 요하나 벤 자카이의 이름을 딴 거리는 이스라엘 어디에도 없는데, 왜 예루살렘의 중심부에 벤 예후다 랍비의 이름을 딴 거리가 있을까? 벤 예후다는 20세기에 등장하는 현대 역사 속의 랍비로, 헤르츠와 함께 건국의 아버지라고 불린다.

1858년 러시아에서 태어난 그는 여느 유대인 어린이와 마찬가지로 가정에서 종교 교육을 받았고 또 히브리어를 배웠다. 그는 스무 살이 되던 해 발칸반도에서 일어난 독립운동을 보고 유대인도 독립운동을 해야 한다고 생각하게 된다. 그러면서 자신도 유대 민족을 위해 큰일을 하겠다고 결심한다.

그는 파리에 가서 의학을 공부하다가 폐결핵이 발병해서 공부를 중간에 그만두고 1881년에 터키가 통치하고 있던 팔레스타인에 정착한다. 당시 그는 팔레스타인에 살고 있는 유대인조차 히브리어가 아니라 아랍어와 헬라어를 사용하는 것과 러시아나 프랑스에 사는 유대인도 히브리어를 사용하지 않는다는 것을 알게 되었다. 땅이 없다는 이유로 언어까지 잃어가고 있었던 것이다. 벤 예후다는 이스라엘의 언어인 히브리어를 되살리겠다고 결심했다.

그러기 위해선 먼저 가정과 학교에서 히브리어를 사용해야 한다고 생각한 그는 곧바로 자신의 가정에서부터 실천에 옮겼다.

벤 예후다는 열 명의 자녀 모두에게 철저하게 히브리어만 사용하게 했다. 집 안에는 어떤 인쇄물도 히브리어가 아니면 들이지 못하게 했고, 히브리어를 사용하지 않는 친구들은 집 안으로 들어오지 못하게 했다. 히브리어를 할 줄 모르는 사람이 집에 오면 아이들이 없는 방으로 가서 대화를 할 정도였다.

그러고는 유대인 학교에서 학생들에게 히브리어를 가르쳤다. 그 당시는 세계 각국에서 생활하던 유대인이 팔레스타인 땅으로 이주해왔는데, 그들 대부분이 히브리어를 몰랐고, 또 각자 살던 나라의 언어를 사용했기 때문에 통일된 하나의 언어가 필요했다.

그는 어른들이 히브리어를 일상생활에서 사용할 수 있도록 1884년에 '하츠비'라는 이름의 신문을 발행하는 등 히브리어를 가르치고 퍼트리는 데 많은 노력을 기울였다. 그렇게 노력한 결과 유대인은 히브리어가 종교적인 언어이거나 역사 속에 기록으로 남아 있는 언어가 아니라, 지금도 얼마든지 사용할 수 있는 언어라고 인식하게 되었고 히브리어를 사용하여 의사소통을 하게 되었다.

벤 예후다의 이 같은 노력으로 히브리어는 유대 민족의 상징이 되었고, 팔레스타인 위임 통치권을 갖고 있던 영국은 1922년 11월 29일, 히브리어를 팔레스타인의 공식 언어로 지정했다.

예루살렘의 벤 예후다 거리는 죽은 언어로 인식되었던 히브리어를 화려하게 부활시킨 랍비 벤 예후다의 노력을 기리기 위한 거리인 것이다.

그러나 문제 많은 요즘의 랍비

이스라엘에는 이처럼 역사에 길이 남을 훌륭한 랍비가 많다. 랍비는 분명 유대인의 정신적 지주이자 스승이며 지혜자임에는 틀림없지만 모든 랍비가 다 그런 것은 아닌 듯하다.

최근의 보도에 의하면 이스라엘의 랍비가 마리화나와 같은 마약을 소지한 것이 발각되어 랍비 자격을 30일 동안 정지당하는 사건이 있었다. 랍비와 마약은 전혀 어울릴 것 같지 않지만 그런 일도 일어나고 있는 것이 오늘날 이스라엘의 현실이다.

그런가하면 최근에 영국의 유대인 마을에 있는 한 랍비는 아내를 자그마치 7명이나 둔 것이 뉴스에 알려지면서 영국인은 물론이고 이스라엘 유대인들의 지탄의 대상이 되기도 했다. 도대체 무슨 욕심에 아내를 7명씩이나 두어야 했는지 모르겠지만 어쨌든 일부일처제를 고수하고 있는 유대인들 사이에서는 지탄의 대상이 되고도 남을 일이다. 유대인뿐만 아니라 우리나라 사람들이 봐도 전혀 이해할 수 없는 행위임에는 틀림없다.

그리고 최근 뉴스에서는 로센이라는 이스라엘 랍비가 "팔레스타인 사람은 남자, 여자, 아이를 불문하고 모두 죽여야 한다. 그들의 가축도 예외가 돼선 안 된다"는 극단적인 발언을 해 팔레스타인 사람들뿐만 아니라 세계인의 분노를 사기도 했다. 또 사무엘 엘리야후라는 랍비는 지난 3월 예루살렘에 있는 유대인 종교 학교에서 총기를 난사해 학생 8명을 숨지게 한 팔레스타인 사람의 자식들을 교수형에 처해야 한다고 주장하기도 했다.

그리고 도브 리올이라는 랍비는 "'살인하지 말라'는 십계명은 비유대인에게는 적용되지 않는다"고 주장하며 팔레스타인 사람들에 대한 폭력과 살인은 정당하다고 이야기해서 또 한번 논란이 일기도 했다. 이스라엘 랍비 치고는 과격하기 짝이 없는 사람들이다.

그런가하면 우리 눈에는 아주 선하고 정의를 실천하는 훌륭한 랍비처럼 보이지만 유대인들 사이에선 돌을 맞을 만한 일을 하는 랍비도 있다. 제레미 밀 그룹이라는 유대인 랍비인데, 이 사람의 차림새는 검은색 옷에 흰 수염을 기르는 일반 랍비와는 전혀 다르다. 청바지에 편안한 셔츠를 입거나 헐렁한 티셔츠에 찢어진 바지를 입고 다닐 때도 있다. 머리도 대충 아무렇게나 길러서 마치 1970년대 유행하던 히피를 연상시킨다. 겉모습만 봐서는 랍비인지 아닌지 구분할 수 없을 정도이다. 제레미 밀 그룹 랍비는 채식만 하면서 팔레스타인과 이스라엘 사이의 갈등과 분쟁을 없애기 위해 동분서주 뛰어다닌다. 10년 전부터 일주일에 한두 번씩 옷가지와 장난감 그리고 학용품을 싸들고 팔레스타인 지역의 베두인들에게 달려가고 있다.

　　베두인이란 이스라엘의 유대 광야와 네게브 사막 지역에 살고 있는 유목민을 일컫는 말이다. 이들은 전기와 수돗물이 없는 들판과 사막에서 양떼를 키우고 염소를 돌보며 살기 때문에 삶의 질이 그다지 넉넉하지 않다. 그래서 베두인 어린아이들은 교육 혜택을 거의 받지 못하고 있다. 그런 베두인을 찾아가 옷가지며 학용품을 전달해주는 일을 '제레미 밀 그룹' 이라는 랍비가 10년 동안 해온 것이다.

　　탈무드를 가르치고 각종 예배를 주관해야 할 랍비가 그런 일은 내팽개치고 팔레스타인 사람들을 찾아가는 일은 분명 돌출 행동으로, 유대인들 사이에선 도저히 이해할 수 없는 일일 것이다. 그러나 그는 유대인들의 따가운 시선에 아랑곳하지 않고 자기의 신념대로 이 일을 해오고 있다.

　　15살이 되던 1967년에 미국에서 이스라엘로 이민 온 그는 유대교에 심취해 예루살렘의 유대교 신학교에 다녔으며 랍비 학교를 거쳐 랍비가 되었다. 다른 청년들과 마찬가지로 이스라엘 군대에 입대해서 7년 동안이나 전투에 참여했다.

그런데 그는 군에 있으면서 비록 다른 민족이기는 하지만 또 다른 생명에게 총을 겨누고 있는 자신의 모습을 발견하고는 생명과 인권에 대해 다시 생각하게 되었다고 한다. 그래서 팔레스타인 난민과 베두인을 위해서 도움이 될 만한 일을 하기로 마음먹게 되었고 군대를 제대하고 나서부터 그 결심을 실천에 옮겼던 것이다.

오늘날 이스라엘에는 유대인에게 존경의 대상이 되는 랍비가 있는가 하면 사회적으로 지탄받는 행동을 하는 랍비도 있고, 또 자신의 민족에게는 원성을 들으면서도 생명과 인권을 위해 노력하는 랍비도 있다.

4부
유대인의 일생

석호필도 피해갈 수 없는 것

미국의 FOX 텔레비전 방송국에서 '프리즌 브레이크Prison Break'라는 드라마에 출연한 웬트워스 밀러Wentworth Earl Miller라는 배우는 우리나라 시청자들에게도 잘 알려져서 석호필이라는 애칭으로 불리고 있다.

그런데 이 배우가 이스라엘을 방문했다. 자신이 출연한 드라마의 이스라엘 방영을 앞두고 예루살렘의 랍비에게 몸을 보여주기 위해서였다. 드라마에서 이 배우는 감옥에 갇혀 있다가 탈출하기 위한 갖가지 방법을 동원하는데 그 방법 중에 하나가 자신의 몸에 감옥의 설계도를 문신하는 것이었다. 이 죄수는 자신의 몸에 그려진 감옥의 설계도를 근거로 해 마침내 탈옥을 감행하게 된다. 드라마의 내용은 그렇다.

그런데 이 배우가 랍비들에게 몸을 보여준 이유는 무엇일까? 자신의 몸에 새겨진 문신은 드라마 촬영 때문에 임시로 한 것이지 실제로 한 것이 아니라는 것을 랍비들에게 확인시켜주기 위해서였다.

또 한 가지 중요한 사실은 이 웬트워스 밀러라는 미국 배우가 유대인이기 때문이다. 그래서 더더욱 유대인인 자신의 몸에는 아무런 문신이 없다는 것을 랍비들에게 직접 확인시켜주어야 했던 것이다.

그렇다면 유대인은 왜 몸에 문신을 하면 안 되는 것일까? 사람의 몸은 하나님이 주신 선물이므로 하나님과 나와의 중요한 약속의 흔적 외에는 그 어떤 것도 새길 수 없기 때문이다.

하나님과 나만의 약속…그것이 무엇일까? 하나님은 우리 인간에게

▶
13세가 된 유대인 소년이 성인식을 치르는 동안 토라를 읽고 있는 모습.

맨 처음 안식일을 통해 약속했다. 출애굽기 31장 16절과 17절에 보면 "이스라엘 백성들은 안식일을 지켜야 하는데 안식일 지키는 것을 대대로 영원한 언약으로 삼아야 할 것이다. 이것이 나와 이스라엘 백성들 사이에 영원한 징표가 될 것이다. 이것은 나 여호와가 6일 동안 하늘과 땅을 만들고 일곱째 날에는 일을 멈추고 쉬었기 때문이다."라고 써 있다. 따라서 하나님의 백성은 안식일을 지킴으로써 나와 하나님과의 관계를 표시하라고 했다.

그리고 두 번째 약속은 무지개이다. 창세기 9장 12절과 13절에 보면 "하나님께서 말씀하셨습니다. 이것이 내가 나와 너희 사이에, 또한 너희와 함께 있는 모든 생물 사이에 대대로 영원히 세우는 내 언약의 증표다. 내가 구름 속에 내 무지개를 두었으니 그것이 나와 땅 사이에 세우는 언약의 표시가 될 것이다." 죄로 물든 인류를 물로 심판하신 하나님은 노아에게 무지개를 보여주시며 다시는 물로 인류를 심판하지 않겠다고 약속했다.

하나님의 백성이 안식일을 지키는 것은 시간의 약속이며 하나님이 무지개를 보여주는 것이 자연을 통한 약속이라면, 우리 인간이 하나님에게 나는 죽을 때까지 하나님의 백성이라고 표시하는 약속은 할례이다. 할례는 말 그대로 남자 성기의 표피를 잘라내는 행위인데, 한번 잘라낸 사람 몸의 일부는 죽을 때까지 원상복구가 되지 않는다. 나는 하나님의 백성이라는 표시를 이렇게 몸의 일부에 죽을 때까지 표시하는 것, 그래서 유대인은 할례 이외에는 어떤 문신도 할 수 없으며 귀를 뚫거나 피어싱 같은 것도 절대로 해서는 안 된다.

문신을 했거나 귀를 뚫고 귀고리를 한 유대인은 틀림없이 랍비에게 불려가 혼쭐이 날 날라리 유대인이라고 보면 된다.

태어난 지 8일째 되는 날

할례는 히브리어로 '브리트 밀라'라고 한다. '브리트'라는 말은 계약을 뜻한다. 그리고 '밀라'는 '남자의 성기 표피를 잘라내는 행위'를 말한다. 그러므로 할례라는 뜻의 히브리어 브리트 밀라는 남자 성기 표피를 잘라내서 '나는 하나님의 백성임'을 확인시켜주는 일종의 계약 의식이라고 할 수 있다. 유대인은 남자 아이가 태어난 지 8일째 되는 날 반드시 할례식을 거행한다.

그렇다면 유대인은 왜 할례식을 하는 것일까? 창세기 17장 1절에서 14절에 보면 하나님이 아흔아홉 살이 된 아브람에게 나타나 이렇게 말씀하신다.

""나는 전능한 하나님이다. 너는 내 앞에서 온 마음으로 순종하며 깨끗하게 행하여라. 내가 나와 너 사이에 언약을 맺을 것이다. 그리고 내가 너를 심히 크게 번성하게 하겠다." 그러자 아브람이 얼굴을 땅에 대고 엎드렸습니다. 하나님께서 그에게 말씀하셨습니다. "보아라. 내가 이제 너와 언약을 세우니 너는 수많은 나라들의 조상이 될 것이다. 이제 더 이상 네 이름이 아브람이라 불리지 않을 것이다. 네 이름은 아브라함이라 불릴 것이다. 내가 너를 많은 나라들의 조상으로 삼았기 때문이다. 내가 너를 크게 번성케 하겠다. 내가 너로 말미암아 나라들을 세울 것이며 왕들이 너로부터 나올 것이다. 내가 내 언약을 나와 너 사이에 그리고 네 뒤에 올 자손 사이에 세워 영원한 언약으로 삼고 네 하나님 그리고 네 자손의 하나님이 될 것이다. 네가 지금 나그네로 있는 이 가나안 땅을 내가 너와 네 자손에게 주어 영원한 소유물이 되게 하고 나는 그들의 하나님이 될 것이다."

하나님께서 아브라함에게 말씀하셨습니다. "그러므로 너와 네 뒤에 올 네 자손은 내 언약을 지켜야 할 것이다. 나와 너 사이에 그리고 네 뒤에 올 자손 사이에 맺은 내 언약, 곧 너희가 지켜야 할 언약은 이것인데 너희 가운데 모든 남자는 다 할례를 받아야 한다. 너희는 포피를 베어 할례를 행하여라. 이것이 나와 너희 사이에 맺은 언약의 표시가 될 것이다. 집에서 태어난 사람이든, 네 자손이 아닌 이방 사람에게서 돈 주고 산 사람이든 상관없이 대대로 너희 가운데 모든 남자 아이는 태어난 지 8일 만에 할례를 받아야 한다. 네 집에서 태어난 사람이든, 돈 주고 산 사람이든 다 할례를 받아야 한다. 그렇게 해야 내 언약이 너희 몸에 영원한 언약으로 새겨질 것이다. 할례받지 않은 남자. 곧 그 몸의 포피를 베지 않은 남자는 내 언약을 어긴 것이기 때문에 그 백성들 가운데서 끊어질 것이다."

이 말씀에 따라 아브람은 이름을 아브라함이라 바꾸게 되었고 아흔 아홉 살인데도 불구하고 마침내 할례를 행한 것이다. 이때 아브라함은 자신뿐만 아니라 자신의 아들과 집에서 일하는 모든 남자를 불러 할례를 시행했다.

자신이 하나님의 백성임을 확인하는 표시를 몸에 한 것이다. 그 당시에는 얼굴 모양이나 생김새가 확연히 다른 민족이 아브람 앞에 나타나는 경우가 없었다. 그만큼 민족 간의 이동이 활발하지 않았기 때문이다.

그 대신 생김새가 비슷하지만 서로 다른 종족을 만나는 경우는 많았다. 이때 서로 다른 종족임을 확인하기 위해 몸에 문신을 하거나 상처를 내서 표시를 하는 경우가 많았는데, 아브라함의 백성들은 할례를 함으로써 표시할 수 있게 된 것이다. 유대 민족이 아닌 다른 민족이 할례를 하는 경우는 없었다. 할례를 하는 것은 말할 수 없는 수치라고 생각했던 것이다.

그래서 사울왕은 다윗에게 자신의 딸 미갈과 결혼하고 싶으면 블레셋 남자들의 양피 100개를 구해오라고 했던 것이다. 여기서 양피란 남자 성기의 끝부분 포피를 말한다. 그런데 다윗은 사울의 주문인 100개의 양피가 아닌 200개의 양피를 구해주었다.

어쨌든 하나님께서 아브라함에게 할례를 명하셨고 아브라함은 그 명령에 따라 자신을 포함한 자신의 백성들과 함께 할례를 행했다. 그래서 유대인도 할례를 해왔으며 지금까지도 그 전통이 지속되고 있는 것이다.

할례 의식

할례는 하나님과 나와의 언약의 표시, 계약의 표시이기 때문에 그 절차도 무척 신성하게 진행된다. 오늘날 우리처럼 외과 병원에서 의사가 마취를 해 시술하는 것이 아니라 일종의 의식처럼 행한다.

우선 유대인의 가정에서 남자아이가 태어나면 8일째가 될 때까지 절대로 이름을 짓지 않는다. 8일째가 되면 할례식을 거행하는데 이날이 마침 안식일이거나 안식일 중에서도 아주 중요한 대속죄일Yom Kippur day 일 경우에도 할례식을 거행한다.

그러나 미숙아이거나 아기가 아파서 도저히 할례를 진행하기가 무리라면 날짜를 잠시 연기하기도 한다.

어쨌든 아기가 태어난 지 8일째 되는 날 오전이 되면 가정이나 유대인의 회당에 아기를 데려가는데, 그 전날 해당 가정에선 한바탕 축제가 벌어진다. 다음 날 아침이면 아들이 하나님 앞에서 몸에 언약의 표시를 하게 되니 아기의 가족과 친지들이 모여 음식을 먹고 마시며 축하 파티를 여는 것이다.

이 축하 파티를 히브리어로 '샬롬 자코르' 라고 한다. 이들은 아기가 하나님의 자녀가 되는 것을 시기하고 질투하는 것이 바로 사탄이라고 생각한다. 그래서 할례 전날 밤 가족들은 사탄으로부터 아기를 보호하기 위해 밤새워 아기 곁에서 성경을 읽어준다.

나는 이스라엘의 한 유대인 가정에서 아기의 할례식을 지켜볼 기회가 있었다. 할례식은 유대인에게 매우 엄숙하고 거룩한 의식이기 때문에 나 같은 이방인이 그 자리에 함께 있기가 쉬운 일은 아닌데 그날은 매우 좋은 기회였다.

유대인의 가정에서 할례식을 할 때는 보통 거실에서 진행한다. 거실에는 촛불이 켜 있고 모헬이 기다리고 있다. 모헬은 아기의 몸에 칼을 대는 사람을 말한다. 예전에는 아기의 아빠가 직접 했지만 요즘은 외과적인 의술을 공부한 전문가인 모헬이 한다. 모헬은 아빠가 아기를 데리고 오면 그 아기를 건네받아 아기가 누울 만한 크기의 의자에 앉히는데, 이 의자를 가리켜서 '엘리야의 의자'라고 한다.

유대인은 자기의 조상 중에서 아브라함을 가장 존경한다. 그다음엔 모세를 존경하고 그다음으로 엘리야를 존경한다. 아합왕과 그의 왕비 이세벨이 하나님과의 약속을 어기고 이방신 바알을 섬겼는데 그와 끝까지 맞서 싸웠던 엘리야야말로 충분히 존경받아야 한다고 생각하는 것이다.

그래서 아기를 엘리야의 의자라고 이름 붙인 의자에 누인 다음 아기의 대부가 아기의 손을 붙잡는다. 유대인은 아기가 태어나면 그때부터 대부를 정해놓는다. 대부는 아기가 성장하면서 아빠와 나누기 껄끄러운 대화를 함께 나누면서 인생의 멘토, 신앙의 멘토 역할을 감당해나간다.

대부가 아기의 손을 붙잡으면 아기의 아버지는 칼을 들어 모헬에게 건네준다. 이것은 아기의 아버지가 모헬에게 모든 할례 의식의 권리를 넘겨주는 것을 뜻한다. 모헬은 한 손으로 칼을 건네받고 드디어 아기의 성기 끝을 한 손으로 붙잡는다. 모헬이 성기 끝을 붙잡으면 아기는 울음을 터뜨리고 그 울음소리를 시작으로 모헬의 칼이 아기의 성기 끝 표피를 잘라낸다.

이 작업은 무척이나 간단하다. 그러나 그 과정 속에서 아기의 아빠와 모헬 사이엔 수많은 대화가 오고 간다. 그 대화는 마치 천주교의 미사에서 주고받는 주문처럼 일정하고 약속된 대사들이다.

예를 들어 모헬이 잠시 후 아기가 누울 엘리야의 의자를 거실 한가운데로 옮겨놓으면서

"이것은 엘리야의 의자입니다."

하고 이야기하면 주변에 함께 있는 사람들이

"그를 기억하는 자에게 복이 있기를 바랍니다."

라고 화답하는 것이다.

이런 식의 대화는 할례식을 진행하는 동안에도 계속된다.

그런데 아기가 태어난 지 8일째 되는 날이 아기의 몸에서 비타민 K가 가장 많이 만들어지는 시기라고 한다. 비타민 K는 사람의 몸에서 피가 났을 때 지혈을 시키거나 상처를 회복시키는 작용을 한다. 하나님께서 아브라함에게 말씀하신 태어난 지 8일째 되는 날이 의학적으로 할례식을 거행하기 가장 좋은 날이라고 하니 놀라울 따름이다.

할례가 진행될 때에는 여자들은 들어올 수 없고 아기의 엄마는 다른 방에서 열심히 기도를 한다. 할례식을 거행하고 나서 비로소 아기의 이름을 짓고 그때부터 아기는 한 사람의 유대인으로서 그리고 하나님의 자녀로 인정받게 되는 것이다.

유대인은 수천 년 동안 이어져온 할례 의식을 지금도 행하고 있는데 기독교인은 왜 할례 의식을 행하지 않는 것일까? 유대인이 너무 율법적이고 외형적인 면에 목을 매기 때문인 듯하다. 오죽하면 사도 바울 시대에 할례당이라는 정치 집단까지 생겼을까.

사도 바울은 갈라디아서 6장 12절에서 15절에 이렇게 이야기하고 있다.

"육체의 겉모양을 꾸미려고 하는 사람들이 여러분에게 할례를 강요하는 것은 다만 그리스도의 십자가 때문에 핍박을 받지 않으려는 것뿐

입니다.

할례받은 사람들이 스스로 율법을 지키지 않으면서 여러분에게 할례를 강요하는 것은 여러분의 육체를 자랑하려는 것입니다.

그러나 내게는 우리 주 예수 그리스도의 십자가 외에는 결코 자랑할 것이 없습니다. 그리스도로 인해 세상이 내게 대해 십자가에 못 박혔고 나 또한 세상에 대해 그러합니다.

할례를 받든 할례를 받지 않든 아무것도 아니며 오직 새롭게 창조되는 게 중요합니다."

몸에 칼을 대서 피부의 일부분을 잘라내 하나님의 백성임을 표시하기보다는 내 마음속에 그리스도의 흔적을 남기고 내 마음으로 진정한 할례를 함으로써 하나님의 백성이 되는 것이 더욱 중요한 일이 아닐까?

태어난 지 13년째 되는 날

매주 금요일, 예루살렘의 통곡의 벽 앞에 가면 한바탕 소동이 벌어진다. 이제 소년 티를 갓 벗은 아이가 이마에 비누곽만 한 검은 상자를 붙이고 손에는 검은 띠를 7번 반을 감은 '테필린'이라는 것을 두른 채 두 손으로 토라를 높이 들고 통곡의 벽 가까이 다가간다. 그리고 그 주변에는 그 아이의 가족인 듯한 어른들이 어깨에 '탈릿'이라는 천을 두르고 '소파'라는 양각나팔을 불거나 손뼉을 치고 노래를 부르며 그 아이의 뒤를 따라간다. 마치 축제 같은 풍경이 펼쳐지는 것이다.

매주 금요일이면 통곡의 벽 앞에서 이런 광경을 늘 목격하게 되는데, 이는 남자아이가 만 13살이 되면 반드시 치르는 성인식 모습이다. 13살이면 우리나라에선 초등학교 5~6학년 정도 되는 나이다. 우리나라에선 민법 제4조에 의해 만 20살이 되어야 성년으로 보는데 만 13살에 성인식을 치르는 것은 좀 이른 감이 없지 않다.

그러나 영어에서도 10이 ten이고 11일 eleven, 12가 twelve인데 13부터는 thirteen, fourteen, fifteen, sixteen 식으로 teenager라고 표현한다. 그러니까 12살까지는 어린아이kid지만 13살부터는 또 하나의 세대라고 표현하고 있다. 이스라엘에서는 13살부터 자기의 인생을 준비하고 책임질 수 있는 나이라고 보며 그래서 13살 이상이면 형법상 처벌의 대상이 된다.

만 13세가 되는 날 통곡의 벽 앞에서 행하는 성인식을 히브리어로 '바르 미츠바Bar Mizvah' 라고 하는데 이 말은 '계약의 아들' 이라는 뜻이다. 미츠바는 '계약' 이라는 뜻이고, 바르는 '아들' 이라는 뜻이다. 마태복음 16장 17절에 보면 "예수께서 대답하여 이르시되 바요나 시몬아 네가 복이 있도다" 라고 써 있는데, 여기서 '바요나 시몬' 의 '바' 가 바로 아들이라는 뜻이다. 그래서 '요한의 아들 시몬아' 라는 의미이다.

이렇듯 유대인은 태어난 지 8일째 되는 날 할례를 하여 몸에 하나님의 백성임을 표시하고, 태어난 지 13년이 되면 성인식을 하여 하나님의 아들이 된 것을 확인한다. 그래서 유대인 남자는 할례식과 함께 성인식을 무척 중요하게 여기고 신성시한다.

유대인 남자아이들은 성인식을 치르기 일 년 전부터 만반의 준비를 시작한다. 우선은 토라를 전부 외워야 한다. 적어도 유대인 성년이라면 토라를 전부 암송할 수 있어야 한다고 생각하기 때문이다. 아이들은 12살이 되면 일 년 뒤에 치를 성인식을 위해 창세기, 출애굽기, 레위기, 민수기, 신명기의 다섯 개 성경 중 하나를 선택해 한 글자도 틀리지 않고 완벽하게 외울 줄 알아야 한다. 그래서 스트레스를 이만저만 받는 게 아니다.

그렇게 일 년 동안 죽어라 외운 모세 오경을 드디어 성인식 날 많은 사람 앞에서 몇 구절 암송해야 하고, 또 자기가 읽은 성경 내용 중에서 느낀 점을 간단하게 전한다. 일종의 설교인 셈이다.

단 하루의 성인식을 위해서 유대인 남자아이들은 일 년 동안 준비하고 또 가족들은 그래서 성인식을 더 뜨겁게 축하해주는 것이다.

성년식은 반드시 통곡의 벽 앞에서만 행하는 것은 아니다

통곡의 벽이 있는 예루살렘에 가지 못하는 남자아이들은 성년일이 끼어 있는 안식일에 유대인의 회당에서 성년식을 진행한다. 할례식에 대해서는 구약성경 창세기에 기록되어 있지만 성년식에 대해서는 성경책에 기록되어 있지 않다. 그 대신 유대인의 두 번째 경전이라고 할 수 있는 탈무드에 여러 차례 기록되어 있는데, 13살이 되면 자신의 행동에 대해서 책임을 지며 잘못을 저질렀을 때 처벌을 받을 수 있다는 내용이다. 이 기록 때문에 유대인이 성인식을 치르게 되었는지는 모르겠지만 이런 전통은 벌써 2000년이나 이어져 내려오고 있다.

성인식을 치르는 남자아이는 지난 일 년 동안 공부한 토라의 일부분을 가족과 친지들 앞에서 암송하고 간단한 설교를 한다. 그런 다음 그동안 자신을 지도해준 랍비와 가족들에게 감사하는 의미로 축복의 잔을 들어 건배를 제의하는데, 그때부터 악기를 연주하고 춤을 추며 노래를 부르면서 분위기가 한껏 무르익는다.

이때 부모는 성인이 된 아들에게 선물을 하는데, 바로 시계이다. 시계는 다가올 미래와 내일을 향해 흘러간다. 수많은 시간이 네 앞에 놓여 있는데 그 시간을 하나라도 놓치지 말고 잘 다스리며 살아가라는 의미이다. 시간은 누구에게나 주어진 중요한 자산이고, 그 자산을 어떻게 활용하느냐에 따라 성공한 인생이 될 수도 있고 또 실패한 인생이 될 수도 있다. 유대인은 시간의 소중함을 잘 알기 때문에 성인이 된 아들에게 시계를 선물하는 것이다.

그리고 요즘 들어 부쩍 많이 주는 선물은 여행을 떠날 수 있는 항공

▶
이마에 비누곽만 한 검은 상자를 붙이고 테필린을 팔에 감은 채 두 손으로 토라를 들고 통곡의 벽으로 향하는 유대인 소년. 어른들은 탈릿을 어깨에 두르고 소년 뒤를 따라간다.
▶▶
축제와도 같은 성인식 풍경.

티켓이다. 자신의 길을 스스로 개척해나갈 나이가 되었기 때문에 무한한 가능성이 있는 넓은 세상으로 혼자 여행을 떠나 많은 것을 보고 돌아오라는 뜻이다.

통곡의 벽 앞에서 만난 한 유대인 아버지는 예루살렘에서 장사를 하는데 그다지 넉넉하지 않은 생활인 듯한데도 오랫동안 모은 돈으로 몇십만원짜리 항공 티켓을 구입해 선물하는 것을 보았다. 우리나라 같으면 13살밖에 안 된 초등학교 6학년 아들에게 비행기 티켓을 주며 혼자 여행을 떠나라고 제안하는 부모는 흔치 않을 것이다. 하지만 13살짜리 남자아이는 아버지가 준 항공권을 들고 유럽으로 떠날 여행을 계획하며 꿈에 부풀어 있었다.

더 넓은 세상으로 나아가 새로운 것을 보고 낯선 곳에서 고난을 겪으며 자신에게 다가올 미래를 꿈꾸고 계획하는 유대인 남자아이들, 그것이 바로 유대인이 갖게 되는 무한한 저력의 시작점이 아닐까.

성인식날 주인공은 두루마리로 된 토라를 펼쳐놓고 선지서의 한 부분을 히브리어로 소리내어 읽는다. 많은 사람 앞에서 토라를 읽는 것은 유대인에게 아주 중요한 축복이라고 여겨지기 때문이다.

그런 다음 부모는 역시 히브리어로 '이 아이에 대한 책임을 면케 해주신 하나님께 축복이 있기를 바랍니다'라고 화답해준다. 이는 아들이 이제 더 이상 어떤 종교적인 잘못을 하더라도 부모들에게는 책임이 없다는 뜻으로, 바꾸어 말하면 아들이 범하는 종교적 잘못은 본인 스스로가 책임을 져야 한다는 말이다. 비록 13살이기는 하지만 부모에게 예속되지 않은 독립적인 종교인이면서 유대인임을 선포하는 의식이기도 한다.

그다음에는 소년이 지난 일 년 동안 공부한 성경에 대해 설교를 하는데 이것을 히브리어로 '드라샤'라고 한다. 소년이 그동안 랍비의 도움을 받아 준비해놓은 드라샤를 통해 많은 사람에게 자신의 신앙을 증명해 보이면 함께 참석한 랍비가 소년에게 테필린을 채워준다. 테필린이란 토라의 말씀이 들어 있는 작은 상자인데 이것을 소년의 이마와 팔뚝에 감아주는 것이다.

그리고 유대인 성인들이 예배 때 반드시 등에 걸치는 하얀 천인 탈릿을 소년의 어깨에 걸쳐줌으로써 모든 예식을 마친다. 이후 성인이 된 것을 축하하는 음식을 함께 나누면서 참가객들과 인사를 나누는 시간을 갖게 된다.

그런데 성인식을 치렀다고 해서 곧바로 성인이 되는 것은 아니다. 성인식을 치른 후 일 년 동안 성인으로서의 훈련을 받게 되는데, 이 기간에는 매주 금요일 저녁과 토요일 아침에 반드시 예배에 참석해야 한다. 그리고 찬양을 인도한다거나 회당에서 토라를 돌돌 말아 묶는 일을 돕기도 한다.

또 사회 봉사활동도 본격적으로 한다. 병원을 찾아가 환자를 돌보거나 노인들이 생활하는 기관을 방문해 일을 돕는다. 그리고 도서관에 가서 책 정리도 하고 교도소에도 방문해 봉사활동을 한다. 어린이들에게 히브리어와 자기가 할 줄 아는 언어를 가르치기도 하고 책도 많이 읽는다.

이스라엘에 살지 않는 유대인은 유대 문학 작품을 이 시기에 특히 많이 읽는데, 안네 프랑크의 《안네의 일기》나 유대인의 마지막 저항 일지를 다룬 이갈 야딘의 《마사다 이야기》 같은 책을 읽으며 유대인으로 살아간다는 것이 얼마나 자랑스러운 일인지를 깨닫는다.

유대인의 사랑의 조건

2009년 2월 17일자 모 일간신문의 해외 소식란에 미국의 유명한 영화배우 레오나르도 디카프리오에 관한 기사가 실렸다. 레오나르도 디카프리오는 영화 '타이타닉'이나 '에비에이터' 등에 출연한 아주 잘생긴 남자 배우이다. 이 레오나르도 디카프리오가 3년 전부터 이스라엘 출신의 미녀 모델 '바 라파엘라'라는 여인과 연애를 하고 있는데, 결혼 이야기도 심심찮게 나오고 있다. 미녀가 많기로 소문난 이스라엘 출신에다 모델이니 이 여인의 미모는 정말 레오나르도 디카프리오의 마음을 사로잡기에 부족함이 없었을 것이다.

그런데 독실한 유대교도인 이 이스라엘 미녀의 아버지가 딸을 절대로 유대교인이 아닌 남자와 결혼시킬 수 없다고 해서 레오나르도 디카프리오를 고민에 빠뜨렸다는 것이다. 사랑하는 여인과 결혼하기 위해서 유대교로 개종하느냐, 아니면 다른 여자를 알아보느냐가 요즘 레오나르도 디카프리오의 고민이라고 한다.

레오나르도 디카프리오라면 세계적으로 인기 있는 영화배우겠다 일반인으로는 상상도 못할 엄청난 돈을 벌므로 어느 하나 부족함이 없는 사윗감임에 틀림없을 테지만 이 여인의 아버지는 유대교를 믿는 것을 우선순위로 여기는 것이다. 레오나르도 디카프리오가 과연 유대교로 개종하고 사랑하는 여인과 결혼할는지는 시간을 두고 지켜봐야 할 것 같다.

탈무드에는 결혼을 하지 않은 사람에게는 행복도 축복도 평화도 없다고 적혀 있다. 그러니 유대인들에게 있어서 결혼은 선택의 문제가 될 수 없었다. 일 때문에, 학업 때문에 결혼식이 늦어지는 경우는 있어도 일부러 결혼을 피하거나 독신으로 살아가려 하는 유대인 젊은이는 없다. 최근 들어 이스라엘 젊은이들 사이에 결혼하지 않고 혼자 자유롭게 살아가려고 하는 사람이 있기는 하지만 정통 유대인들 사이에서는 결혼을 하지 않는다는 것은 절대로 용납되지 않는다.

너무나 특이한 유대인의 결혼식

유대인이라면 성인이 된 후 그러니까 13살이 넘으면 결혼할 수 있는 자격이 주어진다. 그렇다고 해서 성인식을 끝마치고 곧바로 결혼하는 사람은 없다. 이스라엘의 젊은이들 역시 공부도 해야 하고 또 남자든 여자든 군대에 갔다 와야 한다. 게다가 물가가 비싸고 인플레이션이 심한 이스라엘 땅에서 취직을 하든 사업을 하든 사회인으로 자리 잡으려면 시간이 걸리기 마련이다.

사랑하는 사람과 결혼 날짜를 잡은 예비 신랑 신부는 주변의 친구와 친지들에게 초청장을 나눠준다. 우리의 청첩장과 비슷하다. 그리고 예비 신랑 신부는 결혼식 전날부터 금식을 한다. 금식은 다음 날 밤까지 이어지는데 그동안 살아오면서 지은 여러 가지 죄를 하나님 앞에서 회개하고 자숙하는 시간을 갖는 것이다. 이 시간 동안 신랑 신부는 각자 기도를 하고 성경을 읽는다. 결혼식을 통해 새로운 사람과 함께 새롭게 태어나고 새로운 인생을 살아나가겠다는 다짐이다.

금식이 끝나는 다음 날 밤, 드디어 결혼식이 시작된다. 이스라엘에서는 우리나라처럼 토요일 오후나 일요일 오후에 결혼식을 하는 경우가 없다. 모두가 한결같이 밤 8~9시 이후에 한다.

예루살렘의 올드 시티 자파게이트 건너편에는 예루살렘에서 꽤 유명한 결혼식장이 있다. 예루살렘 사람들은 결혼식을 가정집의 앞마당이나 랍비의 서재에서 올리기도 하는데, 밤에 시작해서 새벽까지 이어지므로 주변 이웃에게 많은 피해를 주는 게 사실이다. 그래서 요즘은 예루살렘 시내 곳곳에 생긴 연회장에서 결혼식을 하는 경우가 많다. 저녁 8시 이후 올드 시티의 자파게이트 쪽으로 나가 보면 건너편 연회장에서 악기 소리와 노래 소리가 떠들썩하게 들려온다.

이스라엘 사람들의 결혼식은 말 그대로 축제와 다름없다. 500명이 넘는 하객이 몰리는데 축의금은 혼자 갈 때는 약 150셰켈(약 5만 원), 그리고 부부가 함께 갈 때에는 약 300세켈(약 10만 원)을 봉투에 넣어 간다.

우리나라 결혼식의 경우 하객들은 30분 정도 진행되는 결혼식을 보고 기념 사진을 찍거나 식당에 가서 식사를 하고 헤어지는 게 보통이다. 하지만 이스라엘 사람들은 약 15분 동안 거행되는 식이 끝나면 힘이 들어서 더 이상 놀기 힘들 때까지 밤을 새워 노래하고 춤춘다.

결혼식장 안으로 들어가면 신부가 하얀 드레스를 입고 예쁘게 장식된 의자에 앉아 있다. 신랑보다 신부가 먼저 입장해 하객들을 맞이하는 것이다. 그러면 신부 친구들이 신부가 앉아 있는 의자 주변을 빙빙 돌며 노래하고 춤추면서 신랑이 나오기를 기다린다. 신부 친구들이 20분 정도 노래하고 춤을 추면 드디어 신랑이 입장한다. 그러면 하객들이 일제히 소리를 지르고 손뼉을 치면서 신랑 입장을 환영한다.

그런데 신랑의 의상이 좀 의외이다. 우리나라의 결혼식장에 가면 누가 가르쳐주지 않아도 예복만으로 금방 신랑임을 알 수 있지만 유대인 신랑은 검은 바지에 흰색 셔츠만 입는다. 그 흔한 넥타이도 매지 않는다. 아주 평범하고 수수하기 이를 데 없다.

신랑은 신부에게 다가가 면사포를 걷어 올린 뒤 신부의 손을 잡는다. 식은 결혼식장 중앙에 있는 후파Huppa에서 진행된다. 후파는 네 개의 기둥으로 된 천막으로, 마치 우리나라 시골에서 옛날에 운동회 때 사용하던 천막과 비슷한 모양인데 지붕만 있고 옆면은 모두 트여 있다. 그리고 그 네 개의 기둥을 신랑 친구 네 명이 하나씩 붙잡고 서 있다. 그래서 신랑은 결혼식 전에 이 후파의 네 기둥을 붙잡고 서 있을 친구들을 정하고 미리 부탁을 한다.

신랑은 신랑의 부모들에 의해서 후파로 자리를 옮기고, 신부 역시 신부의 부모들에 의해서 후파로 자리를 옮긴다. 본격적인 결혼식은 이 후파 아래서 진행된다.

옛날에 우리나라에선 딸을 낳으면 오동나무를 심는다고 했다. 딸이

▶
결혼식장 중앙에 있는 후파. 후파는 유대인의 결혼식 때 본격적으로 결혼식이 진행되는 장소이다.

94

나이가 들어 시집을 갈 때 그 오동나무를 베어 옷장을 만들어주기 위해서였다. 그런데 유대인은 아들을 낳으면 삼나무, 딸을 낳으면 소나무를 심었다고 한다. 아이들이 자라서 결혼할 나이가 되면 그 삼나무와 소나무를 베어 후파를 지탱할 나무 기둥으로 사용하기 위해서였다.

유대인이 결혼식 때 후파를 설치하는 이유는 크게 두 가지이다. 유대인은 결혼식에 될 수 있으면 많은 어린이가 참석하는 것이 축복된 결혼식이라고 믿는다. 그래서 아이들이 많은 공터나 시장터 같은 야외에서 결혼식을 진행했다. 그러다 보니 많은 사람 속에서 신랑 신부가 도대체 어디에 있는지 알 수 없어서 신랑 신부가 있는 곳을 표시하기 위해 천막을 쳤던 것이다. 그리고 또 한 가지 이유는 하얀색 후파가 침상을 의미하기 때문인데, 이 침상 밑에서 행해지는 일들을 신부가 오랫동안 기억하라는 의미에서 후파를 친다고 한다.

후파에는 랍비가 서 있다. 유대인의 결혼식에는 반드시 랍비가 있어야 한다. 랍비 없이는 절대로 결혼식을 할 수 없기 때문이다. 신랑 신부가 후파로 자리를 옮기면 모든 하객이 손에 포도주 잔을 들고 함께 기도를 한다. 물론 대표 기도는 랍비가 한다.

그런 다음 신랑은 신부의 오른쪽 집게손가락에 반지를 끼워준다. 이 반지를 '슐라못 반지'라고 한다. '온전한 반지'라는 뜻이다. 이 반지에는 어떠한 장식도 없다. 반지에 장식을 하거나 보석을 박아 넣으면 반지의 온전함이 손상되기 때문이다. 반지의 소재는 금이든 은이든 상관없고 심지어는 구리라도 상관없다. 우리 돈으로 최소한 100원 이상의 가치만 있으면 되고 링 형태이기만 하면 된다.

그런 다음 신랑은 결혼 서약문을 읽어 내려간다.

"당신은 모세와 이스라엘의 율법에 따라 이 반지를 취했으니 이제 나의 아내가 되었노라."

그다음에 케투바ketubah라고 하는 결혼서약서를 큰 소리로 읽는다. 결

▶
결혼서약서.

혼서약서는 앞서 소개한 것처럼 일종의 결혼계약서이다. 케투바에는 남편이 신부를 위해서 어떤 마음 자세를 갖고 살겠다는 약속이 적혀 있다.

그리고 그 약속을 지키지 못하고 이혼을 하게 될 때 지불해줄 액수까지 적혀 있다. 그 액수가 엄청난데, 일종의 상징적인 금액이다. 이혼을 하려면 이렇게 많은 금액을 신부에게 지불해야 하기 때문에 감히 이혼을 꿈도 꾸지 못하게 하는 아주 독특한 문화라고 할 수 있다. 그러니까 케투바는 일종의 신부를 위한 보증서 같은 효력을 갖고 있다.

케투바에는 신랑이 신부에게 준 예물 목록과 신랑과 신부의 서명도 적혀 있다. 이런 식의 결혼계약서는 모든 유대인 가정에 하나씩은 다 있다. 그리고 케투바를 예쁘게 장식해 거실 한쪽 벽면에 걸어둔다. 케투바는 계약서이긴 하지만 일종의 미술 작품과 같다. 케투바의 맨 위에는 왕관이 그려져 있는데 이는 현숙한 아내는 남편의 왕관임을 의미한다. 그리고 가정에 따라서는 케투바에 예쁜 그림도 그려넣고 결혼식에 참가했던 친구들의 서명도 적혀 있다. 결혼식에 참석해서 두 사람의 결혼식을 목격했다는 일종의 보증인 서명 같은 것이다.

그리고 잠언 18장 22절의 말씀인 '아내를 얻은 자는 복을 얻고' 와 같은 성경 구절을 적어두기도 한다. 유대인 가정에선 이렇게 많은 내용이 한 장의 종이에 적힌 케투바를 자랑거리로 내세우기도 한다.

신랑은 결혼서약서를 읽은 뒤 아주 특이한 행동을 하는데, 포도주 잔을 냅다 땅으로 집어 던진다. 그러고는 발로 사정없이 짓밟아 포도주 잔을 가루로 만들어버리는데 이를 보고 하객들은 또다시 박수와 환호를 보낸다.

왜 멀쩡한 포도주 잔을 집어 던져서 깨뜨려버릴까? 한번 깨진 포도주 잔은 절대로 원상복구될 수 없듯이 한번 맺은 결혼은 어떠한 경우에도 무효가 될 수 없음을 의미한다. 포도주 잔을 깨고 나면 신랑 신부의 친구들이 신랑 신부 주변을 일곱 바퀴 돌며 노래를 부른다. 이것은 이스라엘 백성이 여리고 성을 일곱 바퀴 돈 다음 여리고를 점령한 것처럼 이제부터 신랑은 신부의 처녀성을 점령하라는 의미라고 한다.

이런 과정을 거쳐 그다지 길지 않은 결혼식이 끝나면 본격적인 피로연이 시작되는데 이때부터 흥겨운 음악에 맞춰 새벽에 동이 틀 때까지 춤을 추며 즐긴다.

우리나라에도 전통 혼례가 있기는 하지만 서양식 결혼 문화가 들어온 뒤로 많이 사라졌다. 하지만 이스라엘에서는 고대로부터 내려온 결혼 풍습을 지금도 유지하여 그대로 행하고 있다.

지금까지 설명한 유대인의 결혼식은 아주 특별한 경우에만 하는 것이 아니라 이스라엘에서 살고 있는 대다수의 유대인, 그리고 외국에서 살고 있는 수많은 유대인이 행하고 있는 일반적인 결혼식 풍습이다. 그래서일까? 전 세계에서 가장 이혼율이 낮은 나라가 바로 이스라엘이다.

감람산의 공동묘지

이스라엘로 성지 순례를 떠나는 여행객들은 예루살렘의 올드 시티 바로 옆에 있는 감람산을 반드시 올라가게 되어 있다. 감람산은 예수가 제자들에게 주기도문을 알려주었고, 또 그곳에서 제자들과 함께 마지막 기도를 드렸기 때문에 성지 순례 코스에서는 절대로 빠질 수 없는 장소이다.

그런데 감람산에 올라가서 예루살렘 성을 바라보면 전망대 바로 밑에 크고 작은 석관이 수천 개 널려 있는 것이 눈에 띈다. 유대인의 공동묘지이다. 그렇다면 왜 유대인은 예루살렘 성이 바라보이는 감람산 중턱에 석 관을 늘어놓았으며 왜 이곳이 유대인의 공동묘지가 되었을까?

이스라엘에는 예루살렘의 감람산뿐만 아니라 곳곳에 공동묘지가 있다. 그런데 감람산의 공동묘지는 이스라엘에서 가장 비싸고 그곳에 묻히려면 오래전부터 예약을 해야 할 만큼 인기가 많다.

그리고 이곳에는 유대인에게 신망이 높고 존경받을 만한 정통 유대인이 많이 묻혀 있다. 영화 '쉰들러 리스트'의 주인공인 오스카 쉰들러 Oskar Schindler의 묘도 이곳에 있다. 그래서 영화 '쉰들러 리스트'의 맨 마지막 장면을 보면 홀로코스트에서 생존한 유대인 노인들이 이곳을 찾아 오스카 쉰들러의 무덤 위에 돌을 올려놓으려고 줄을 서서 기다리는 장면이 나온다.

그렇다면 왜 이곳이 유대인에게 묘지 터로 인기가 있을까? 그것은 유대인의 부활 사상 때문이다. 유대인은 자신들을 구원하기 위한 메시아가 아직까지 이 세상에 오지 않았다고 믿고 있는데, 언제가 될지는 모르지만 메시아가 오게 되면 이곳 감람산을 통해 황금문을 열고 예루살렘 성안으로 들어간다고 믿고 있다. 그때에는 무덤 속에 있던 시신들도 모두 되살아난다고 믿는 것이다.

이 이야기는 구약성경 이사야서 26장 19절에도 나와 있다.

"주의 백성들이 살아날 것입니다. 그들의 시체가 일어날 것입니다. 땅속에 있는 사람들아, 일어나서 환호성을 지르라. 주의 이슬은 빛나는 이슬이어서 땅이 죽은 사람들을 도로 내놓을 것입니다."

그리고 에스겔서 37장 13절에 보면 "내 백성들아, 무덤을 열어서 내가 너희를 무덤에서 올라오게 할 때 내가 여호와임을 너희는 알게 될 것이다."라고 적혀 있다.

이 말씀에 따라 유대인은 메시아가 다시 오실 때 자신들의 주검에 생명이 부여되고 무덤을 열고 일어나 이 땅에 오신 메시아를 직접 자신들의 눈으로 목격하고 맞이하겠다는 신념을 갖고 있다. 그래서 그들은 감람산 자락에 묻히기를 원하는 것이다. 죽은 시신에 하얀 세마포를 입히는 이유도 바로 그때를 대비해 준비하는 것이기도 하다.

이땅에 오게 될 메시아를 가장 가까운 곳에서 볼 수 있는 장소, 메시아가 예루살렘 성안으로 들어가는 장면을 가장 잘 볼 수 있는 장소, 그곳이 바로 예루살렘의 감람산 중턱이다.

▶
유대인의 공동묘지.
예루살렘 성이
바라보이는 감람산
중턱에 수천 개의
크고 작은 석관이
널려 있다.

남의 초상으로 돈을 벌어선 안 된다

지난 2007년 4월 16일, 미국 버지니아 공대에서 33명이 숨지고 29명이 부상당하는 끔찍한 총격 사건이 일어났다. 그 일이 일어난 지 며칠 뒤인 20일에는 버지니아 공대의 중앙 운동장에서 합동 장례식이 열렸다. 그런데 그 합동 장례식엔 33명의 희생자 중에 한 사람이 빠졌다.

그는 76살의 유대인인 '리비우 리브레스쿠'라는 기계공학 교수였다. 그 서슬 퍼렇던 홀로코스트에서도 생존한 분이었는데 총격 사건으로 그만 희생을 당했던 것이다. 그런데 이분의 유족이 고인의 장례식을 유대인 장례 절차에 따라 치르길 원했고, 그래서 장례식이 이미 사고 당일 치러진 상태였다.

◀
예수가 묻혔던
동굴무덤.

  그렇다면 유대인들의 장례는 과연 어떻게 진행될까? 이스라엘에는
우리나라와 같이 장례 절차를 대신 해주는 장의사가 없다. 우리나라에
는 최근 들어 장례를 대비한 각종 상조회가 많이 생기고 있으며 큰 병원
의 장례식장은 꽤 많은 돈을 번다고 한다.

  하지만 이스라엘에는 장의사는 물론이고 상조회도 존재하지 않는
다. 최근 들어 이스라엘에도 이민자가 많이 생기고 또 외국인들도 많이
입국해서 살다 보니까 그들을 상대로 하는 상업적인 장의사가 생기긴
했지만 유대인은 사람의 죽음을 이용해 돈을 버는 일은 절대로 용납하
지 않는다.

  그들에게 장례가 나면 일가 친척과 주변의 연로한 사람들을 중심으
로 한 장례위원회 격인 '헤브라 카디샤'라는 조직이 만들어진다. 헤브
라 카디샤는 '성스럽고 거룩한 친구들'이라는 뜻인데 유족은 포함되지
않는다.

  헤브라 카디샤는 시신을 확인한 다음 제일 먼저 시신의 주변에 촛불
을 밝힌다. 초가 많지 않을 때는 시신의 머리맡에 하나의 촛불을 밝히기

도 하고, 초가 여유가 있을 때는 시신을 한 바퀴 빙 둘러서 촛불을 밝힌
다. 그러고는 조용히 회개의 기도를 한다. 고인이 생존했을 때 섭섭한
일이 있거나 원망스러운 일이 있었다면 모두 잊고 홀가분하게 떠나라
고 회개의 기도를 하는 것이다.

그런 다음 시신을 닦는다. 시신은 물이나 올리브유로 닦는데 머리부
터 발끝까지 구석구석 깨끗이 닦는다. 이 작업을 히브리어로 '타하라
Tahara'라고 한다. 망자가 집 안에서 사망했을 경우엔 이 작업을 집에
서 하지만 밖에서 사망했을 경우엔 현장에서 처리하기도 한다. 예수도
십자가에서 운명하자마자 곧바로 십자가에서 시신을 내려 타하라 작업
을 했다. 그래서 예루살렘의 골고다 언덕에 있는 성분묘 교회에 가면 예
수가 십자가에 매달려 돌아가신 그 현장 바로 밑에 타하라 작업을 했던
커다란 바위가 지금도 보존되어 있다.

이때 시신 주변에 있는 사람들은 아무리 사실이라고 하더라도 망자
에 대해 부정적인 이야기를 하면 안 된다. 영국의 유명한 소설가인 찰스
디킨스는 유대인을 싫어했던 반유대주의 작가로 알려져 있다. 그래서

그의 유명한 작품《크리스마스 캐럴》이라는 소설을 보면 스쿠르지 영감이 죽자 주변 사람들이 그의 시신 앞에서 그에 대해 나쁜 이야기를 하는 장면이 나오는데, 이것은 찰스 디킨스가 유대인에 대해 반감을 갖고 쓴 부분이라고 할 수 있다.

시신을 깨끗이 닦는 타하라 작업이 끝나면 그다음에는 시신에게 수의를 입히는 타크리킴Tachrichim 작업이 시작된다. 수의는 100% 아마천으로 된 것을 입히는데, 아마천은 스위스 호수의 선사시대 유적에서 발견될 정도로 지구에서 가장 오래된 섬유 중 하나로, 색깔은 크림색이고 미생물에도 상하지 않으며 표면이 매끄러워 흙에 잘 묻지 않는다. 뿐만 아니라 면보다 질기고 햇볕에 노출되어도 잘 변질되지 않으며 염료가 스며들지 않아 착색이 되지 않는다. 예수의 시신은 삼나무 껍질로 만든 세마포로 감쌌는데, 세마포와 아마천의 공통점은 모두 흰색이라는 것이다. 이렇게 흰색 수의를 입히는 이유는 흰색이 순결을 뜻하기 때문이며 나중에 메시아가 오면 부활하여 흰색 옷을 입고 메시아를 맞이하기 위함이다.

그다음 시신을 갈대로 만든 들것에 옮기거나 나무 관에 넣어 묘지로 이송한다. 그런데 예수는 목관을 사용하지 않았다. 과거에는 시신을 주로 동굴에 묻었기 때문이다. 이스라엘 땅은 대부분 석회암이나 백악질 그리고 사암으로 되어 있어서 천연 동굴이 많았다. 토질이 약한 사암의 경우엔 손으로도 쉽게 팔 수 있었다.

돈이 없는 일반인은 천연 동굴을 무덤으로 사용하고 돈이 많은 사람은 동굴을 파서 가족 무덤을 미리 만들어놓기도 했다. 예수도 아리마데 요셉이라는 사람의 가족 무덤에 묻혔는데 그의 무덤은 인조 동굴이었다. 아리마데 요셉이 좀 부자였던지 그의 가족 무덤 곁에는 정원이 있었고 무덤 안도 몇 사람이 들어갈 정도로 넓었다고 한다. 게다가 동굴 벽에는 밖에서 안을 들여다볼 수 있는 창문도 있었다고 한다.

▶
오슈아리.

　반면에 나사로의 무덤은 천연 동굴이었다. 감람산 뒤쪽에 있는 베다니라는 마을엔 크고 작은 동굴이 많았는데 나사로는 그 동굴 중 하나에 묻혔던 것 같다.

　동굴에 시신을 넣은 다음 커다란 바윗돌로 동굴 입구를 막으면 매장이 끝난다. 동굴 입구의 조금 높은 곳에 바윗돌을 놓고 그 밑에 쐐기용으로 조그만 나뭇가지나 자갈을 받쳐놓았다가 시신을 동굴에 넣은 뒤 빼내면 바위가 굴러 내려와 동굴 입구를 막는 형식이다. 바위로 동굴 입구를 막은 뒤에는 일 년 동안 돌문을 열지 않는다. 요즘에는 우리나라와 마찬가지로 땅을 파고 나무로 된 관을 묻는다.

　우리나라는 대개 3일 장을 치르지만 유대인들은 24시간 내로 매장까지 끝내는데, 이렇게 하는 데는 두 가지 이유가 있다. 첫 번째는 이스라엘이 워낙 더운 지역이어서 3일씩이나 시신을 매장하지 않으면 부패되기 때문이다. 또 한 가지 이유는 시신을 매장하는 이유가 하루라도 빨리 흙으로 돌아가게 하기 위해서인데 굳이 3일씩 지체할 필요가 없다고 생각하기 때문이다.

영혼은 이미 하나님께로 갔는데 시신을 이 땅에 계속 방치한다는 것은 고인에 대한 예의가 아니라고 생각하는 것이다. 시신을 매장한 다음 유족들은 일주일 동안 애도의 시간을 갖는다. 일도 하지 않고 목욕도, 화장도 하지 않는다. 머리를 자를 수도 없고 다른 사람의 잔치에도 참석할 수 없다. 가죽 옷이나 가죽 신을 신을 수도 없다. 의자에 앉아서도 안 되고 토라를 읽을 수도 없다. 부부관계도 갖지 않는다. 이 기간을 7이라는 뜻의 '시바Shivah'라고 한다.

마태복음 8장 21절과 22절에 보면 "다른 제자가 말했습니다. 주님, 제가 먼저 가서 아버지의 장례를 치르게 해주십시오. 그러나 예수께서 그에게 말씀하셨습니다. 죽은 사람들에게 죽은 사람을 묻게 하고 너는 나를 따라라."라고 기록되어 있다.

예수의 제자 중에 한 사람이 부친의 장례를 치르고 오겠다며 허락해 달라고 하는데도 왜 예수는 부친의 장례를 다른 사람들이 치르게 하고 자신을 따라 오라고 할까? 예수는 왜 자식으로서 부친의 장례를 치러야 하는 도리마저 외면하라고 했던 것일까? 유대인의 장례 절차를 잘 모르면 이런 의문을 가질 수도 있다.

동굴이나 땅속에 시신을 매장한다고 해서 장례 절차가 모두 끝나는 것이 아니다. 일 년 뒤에 치르는 제2의 장례 절차가 남아 있기 때문이다. 일 년이 지나면 시신이 완전히 부패해서 뼈만 남게 된다. 그럼 가족들은 무덤으로 가서 앙상하게 남아 있는 뼈들을 그러모아 고인의 이름이 적힌 석회로 된 작은 관에 담는다. 이 석관을 '오슈아리Ossuary'라고 한다. 그래서 지금도 유적지에서 발굴되는 석관에 적힌 이름을 보고 이 석관이 누구의 것인지 밝혀낼 수가 있는 것이다. 그러니까 예수가 제자에게 부친의 장례를 다른 사람에게 맡기라고 한 것은 2차 장례를 의미하는 것임을 알 수 있다.

석관에 뼈를 옮겨 담은 다음에는 동굴의 한쪽 선반에 다른 사람의 석관과 함께 차곡차곡 쌓아놓는다. 지금 예루살렘의 감람산 중턱에 있는 관들도 역시 이런 과정을 거쳐 쌓이게 된 것이다.

세계의 문화 유적지에 가면 그 당시 제국을 다스렸던 유명한 지도자의 커다랗고 웅장한 무덤을 흔히 볼 수 있다. 이집트의 기자에 우뚝 서 있는 피라미드도 쿠푸왕의 무덤이고, 또 중국 서안에 있는 진시황의 무덤에선 실물 크기의 군사 조각상 7000여 개와 100개가 넘는 전차가 발견되기도 했다. 우리나라도 과거 역사 속 권력자들의 무덤이 화려한 왕릉으로 꾸며져 지금까지 잘 보존되고 있다.

하지만 이스라엘에서는 그 어디에도 사울왕의 무덤이나 다윗왕, 솔로몬왕의 무덤이 발견되지 않고 있다. 이 무덤들은 앞으로도 영원히 찾지 못할지도 모른다. 그 이유는 유대인의 장례 풍습상 무덤 자체를 피라미드나 왕릉처럼 화려하게 꾸미지 않기 때문이다.

5부
유난히 돈에 집착하는 사람들

돈에 집착할 수밖에 없는 이유

어떤 유대인 가정에서 천수를 다한 노령의 할아버지가 임종을 맞이하고 있었다. 이 가정은 대대로 양복점을 하는 집안이었다. 마침내 할아버지의 임종을 지키기 위해 온 가족이 할아버지가 누워 있는 침상으로 모였다. 그러자 할아버지가 주변을 둘러보며 아주 작은 목소리로 물었다.

"애야, 큰아들은 어디에 있느냐?"

그러자 곁에 있던 큰아들이 대답했다.

"네, 아버님, 제가 옆에 있습니다."

그러자 할아버지가 또 물었다.

"그럼 작은아들은 어디에 있느냐?"

그러자 둘째 아들이 대답했다.

"네, 아버지 둘째도 여기 있습니다."

그러자 할아버지가 또다시 물었다.

"그럼 손자들은 어디에 있느냐?"

"네, 아버님 손자들도 모두 이 자리에 모였습니다."

그러자 할아버지가 냅다 소리를 질렀다.

"이놈들아, 그럼 양복점은 대체 누가 지킨단 말이냐?"

할아버지는 가족들이 가게를 비우면서까지 자신의 임종을 지키려 와서 화가 났던 것이다.

그냥 웃어 넘기기에는 뭔가 씁쓸한 유대인에 대한 풍자. 이는 유대인의 경제 관념을 설명하는 아주 좋은 예이다.

윌리엄 셰익스피어의 소설 《베니스의 상인》은 지독하리 만큼 돈에 연연해하는 유대인의 모습을 그리고 있다. 유대인은 유난히 돈에 집착하는 민족이고, 실제로 세계 경제를 좌지우지할 정도로 엄청난 부를 형성했다. 세계 금융가의 중심인 미국 뉴욕 월스트리트의 큰손이 전부 유대인이며 유대인의 돈줄에 따라 세계 경제가 휘청거린다는 것은 웬만한 사람들은 다 알고 있다.

그렇다면 유대인은 왜 그렇게 돈에 집착할 수밖에 없고 또 어떻게 해서 그렇게 많은 부를 축적했을까? 그 배경엔 유대인의 슬픈 역사가 숨어 있다.

서기 70년 이스라엘은 로마에 의해서 철저하게 파괴되고 이스라엘 백성은 로마와 아프리카로, 유럽으로 뿔뿔이 흩어져 살게 된다. 남의 나라 사람인 그들을 환영하는 나라는 아무 데도 없었다. 땅을 살 수 있는 기회를 주지 않아 농사를 지을 수도 없었다. 설사 아주 좁은 땅이 주어진다 하더라도 이스라엘 민족은 목축업을 주로 했기 때문에 농사를 짓는 방법을 몰랐다. 물론 양떼를 키우고 염소를 키울 만한 땅도 전혀 구입할 수 없었다.

유대인이 할 수 있는 것은 오로지 장사뿐이었다. 생존을 위해 선택할 수 있는 유일한 방법이었던 것이다. 그러나 유대인은 아무리 돈을 많이 벌어도 그 나라의 상류사회에 발을 들여놓을 수 없었다. 유럽의 상류사회가 즐기는 승마클럽이나 골프클럽에도 가입할 수 없었다. 돈 많은 유럽 사람들이 즐기던 미술이나 음악에도 관심을 기울일 만한 여유가 없었다. 그저 돈을 벌고 그 돈을 이용해서 또 다른 장사를 생각해내는 것이 그들의 일과였다.

나라 없는 민족의 설움을 돈을 벌며 위로받았던 것이다. '오직 돈만이 강력한 무기다.' 이것이 유대인들이 돈에 집착하게 된 가장 큰 이유였다.

유대인이 돈을 많이 벌 수밖에 없는 이유가 또 있었다. 중세 시대의 기독교인은 이교도와 어울릴 수 없다고 생각해서 이슬람 국가들과는 왕래를 하지 않았다. 그것은 이슬람 국가도 마찬가지였다. 그러나 유대인은 기독교 국가와 이슬람 국가를 마음대로 왕래할 수 있었으니 장사하기엔 아주 그만이었다. 유대인은 이런 상황을 자신들의 생존 방법에 이용했는데 그것이 바로 무역업이었다. 특히 이탈리아 베네치아 지역의 유대인은 멀리 무역을 떠나는 상인을 대상으로 고리 대금업을 했다. 중세의 기독교인은 이자를 받고 다른 사람에게 돈을 빌려주는 것을 용납하지 않았다. 한마디로 고리대금업을 죄악시했던 것이다.

그러나 유대인은 형제들에게 이자를 받고 돈을 빌려주는 것은 금했지만 이교도에겐 이자를 받고 돈을 빌려줄 수 있었다. 더군다나 그 당시엔 사회 구석구석에서 많은 돈이 필요했다. 기독교인은 교회와 수도원을 짓는 데, 일반인은 무역을 하는 데, 영주들은 크고 작은 영토 싸움을 하느라 많은 돈이 필요했기 때문에 유대인의 고리대금업은 성황을 이룰 수밖에 없었다. 그런 데다 돈을 회수하지 못하는 경우도 많아 이자를 높게 받았다.

각 나라의 왕들에게는 많은 세금을 내는 유대인이 유용한 존재였다. 하지만 돈을 많이 번 유대인을 시샘해 수단과 방법을 가리지 않고 자기들의 땅에서 유대인의 재산을 빼앗고 내쫓기도 했다. 유대인은 은행을 빼앗기면 다른 곳에 이주해 그곳에서 또 다른 은행을 만들었다. 그것도 여의치 않으면 새로운 분야를 개척해나갔다.

유대인은 오직 신과 돈만이 자신들의 생명과 안전을 지켜준다고 믿었다. 그래서 오늘날 유대인이 돈과 경제에 눈이 밝은 것인지도 모른다.

출발부터 다른 유대인의 사회생활

유대인 남자아이들은 만 13세가 되면 '바르 미츠바'라고 하는 성인 식을 치르는데, 이 성인식은 유대인에게는 아주 커다란 축제나 다름없 다. 정식으로 한 사람의 유대인으로 인정받는 의식이기 때문이다. 성인 식을 위해서 남자아이들은 일 년 전부터 준비를 한다.

성인식을 하는 날에는 주변 친척과 지인들을 모두 초대하는데, 이때 참석자들은 성인식의 주인공인 남자아이에게 각자가 준비한 격려금을 전달한다. 우리나라의 결혼식에 축의금을 내는 것과 같은 풍습이다. 그 런데 이때 들어오는 돈이 대체로 3천~5천만 원 정도 된다고 하니 결코 작은 금액이 아니다.

이렇게 많은 축의금이 들어오면 우리나라의 부모들은 그 돈을 그 아 이의 학비에 보탤지도 모르겠다. 하지만 유대인 부모들은 절대로 이 돈 을 임의로 사용하지 않는다. 아이의 이름으로 은행에 저금을 해두거나 아이에게 주어 주식에 투자하게 한다. 그러면 아이는 자연스럽게 주식 에 관심을 갖게 된다.

그래서 유대인은 어릴 적부터 경제에 민감해지지 않을 수 없는 것이 다. 한 달에 한 번씩 집으로 발송되어오는 주식 변동표를 부모와 함께 분석하며 어느 기업에, 또 어떤 종목에 투자할 것인지를 배운다. 그리고 돈을 은행에 맡겨놓은 경우에는 아이가 대학교를 졸업하여 사회인이 되고 나서 찾는다.

13살에 3천~5천만 원을 저금하면 10년 후에 어마어마한 이자가 붙어 서 약 1억 원이 되는데, 청년은 그 돈을 찾아 주식에 투자하든가 사업 자 금으로 사용한다.

이는 유대인이 다른 사람과 사회생활을 시작하는 시점부터 차이가 나는 이유이다. 이제 막 대학을 졸업하고 사회에 첫발을 내디딜 때 1억 원이 넘는 돈을 손에 쥐고 있다면 선택의 여지가 얼마나 많겠는가? 그래서 유대인 부모들은 성년식을 맞이하는 어린아이에게 최대한 많은 축의금을 주려고 하는 것이다. 내가 지금 내는 돈으로 10년 뒤 그 학생의 미래가 바뀐다면 축의금의 의미가 달라진다.

이처럼 어려서부터 살아 있는 경제 교육을 받는 유대인 어린이와 청소년은 경제 관념이 명확한 사회인으로 성장할 수밖에 없다.

가족끼리 똘똘 뭉친 사업

2009년에는 뉴스를 통해 리먼 브러더스 홀딩스Lehman Brothers Holdings Inc.라는 회사 이름을 자주 들었을 것이다. 리먼 브러더스 홀딩스는 1850년 뉴욕에서 유대인 형제가 설립했으며, 점차 국제 금융회사로 성장하면서 투자은행, 증권과 채권 판매, 연구 및 거래, 투자 관리, 사모투자, 프라이빗 뱅킹 등에 관여해 미국 국채 시장의 주 딜러가 된 회사이다. 그런데 2009년 9월 15일, 약 6천억 달러에 이르는 부채를 감당하지 못하고 파산 신청을 하면서 전 세계적인 금융 위기라는 환란의 불을 지폈다.

이 회사는 리먼이라는 유대인 형제가 만들었는데, 유대인의 장사나 기업 경영 방식에서 가장 눈에 띄는 점은 바로 형제나 가족이 똘똘 뭉쳐서 이끌어간다는 것이다. 돈에 대해서 만큼은 절대로 가족 이외에는 아무도 믿지 않는다.

독일계 유대인 금융인 로스 차일드도 마찬가지다. 그는 금융업으로 성공한 다음 가족들에게 기업의 일부를 나누어주며 전 세계 곳곳에서 또 다른 금융업을 시작하도록 했다. 그렇게 해서 전 세계적으로 유명한 로스 차일드 가문이라는 단어가 만들어진 것이다.

미국 뉴욕에 다이아몬드 상점 250여 개가 들어선 거리가 있는데 주인은 대부분 유대인이다. 세계적으로 이스라엘, 특히 유대인의 다이아몬드 세공 기술은 최고 수준이다. 이스라엘에 다이아몬드 광산이 하나도 없는데 어찌 다이아몬드 세공 기술이 뛰어날 수 있을까?

그 역시 이스라엘 민족의 아픈 역사에 기인한다. 나라 없이 떠돌아 다니던 유대인은 돈을 벌면 제일 먼저 다이아몬드를 구입했다. 주로 가격이 싼 원석을 구입해서 아름답게 세공하여 비싼 보석으로 둔갑시켰다. 작고 가볍고 숨기기 쉬우면서도 가격이 비싼 다이아몬드는 유대인이 이 나라 저 나라를 떠돌아 다닐 때 어디서든 그 나라의 화폐로 바꿀 수 있었다.

그러다보니 자연히 다이아몬드 세공 기술이 발달했고, 그 기술력을 바탕으로 뉴욕에 다이아몬드 상점 거리를 형성했던 것이다. 이곳에서 거래되는 다이아몬드는 전 세계 거래량의 약 75%나 된다고 한다.

그런데 유대인이 운영하고 있는 다이아몬드 상점에 들어가면 한 가지 놀라운 사실을 발견할 수 있다. 상점에서 일하는 사람들이 모두 한 가족이라는 것이다. 남편과 아내 그리고 동생과 조카가 함께 운영한다. 그리고 자신의 상점에 물건이 없을 때는 역시 또 다른 가족이 운영하는 상점에서 빌려온다. 하기야 값비싼 다이아몬드를 취급하면서 가족만큼 안전하고 믿을 만한 사람이 또 있을까? 그리고 같은 민족만큼 믿을 만한 사람이 또 누가 있겠는가? 이것이 바로 유대인이 사업에서 성공할 수 있는 또 하나의 이유이다.

술자리를 갖지 않는 비즈니스

모든 사업가가 그렇지는 않지만 사업을 하는 사람들은 술자리를 많이 갖기 마련이다. 거래처 사람들과 술을 한잔하면 좀 더 친근해지고 그러다보면 안 될 일도 잘 해결될 수 있다고 믿기 때문이다. 그래서 술자리를 단순히 먹고 마시고 즐기기 위한 자리라기보다는 일종의 비즈니스라고 생각한다. 이는 우리나라뿐만 아니라 외국의 사업가들도 마찬가지다.

그래서 간혹 드라마나 영화를 보면 외국의 거래처 사람들이 사업차 우리나라를 방문하면 낮에는 업무를 보고, 밤에는 우리나라의 술 문화와 밤 문화를 접하는 것을 볼 수 있다. 하지만 유대인을 상대로 비즈니스를 한다면 이런 생각은 좀 바꿔야 할 것 같다.

유대인, 특히 이스라엘에 살고 있는 유대인은 술을 그다지 좋아하지 않는다. 아니 마시지를 않는다. 물론 최근에 러시아에서 이주해온 러시아계 유대인은 보드카 같은 러시아산 술을 많이 마신다. 그래서 이스라엘에서도 사회 문제가 되고 있는데, 이들로 인해 텔아비브의 뒷골목에 술집이 많이 생기고 있고 간혹 술에 취해 비틀거리는 러시아계 유대인도 종종 눈에 띈다. 하지만 정통 유대인은 절대로 술을 마시지 않는다. 기껏해야 안식일 저녁 온 가족이 모였을 때 적절한 절차에 의해서 작은 글라스에 와인 한 잔 정도를 따라 마신다.

유대인과 아랍인이 함께 살고 있는 예루살렘만 해도 우리나라에서는 그 흔한 맥주 파는 곳도 찾아보기 어렵다. 술을 전혀 입에 대지 않는 아랍인이 맥주를 마실 리도 없고, 또 음식 하나 먹는 데도 정결음식법인 코셔kosher를 엄격하게 따지는 유대인이 맥주를 마실 리도 없기 때문이다.

그렇다고 해서 술집이 전혀 없는 것은 아니다. 예루살렘의 벤 예후다라는 번화가에는 밤이면 맥주를 마시는 사람들로 북적이는 호프집도 있다. 하지만 우리나라처럼 알코올 도수가 높은 술을 파는 집은 없다.

그래서 이스라엘에서는 음주 운전 검문은 아예 하지 않는다. 그러니 유대인에게 비즈니스 차원에서 술자리를 마련하는 것은 그야말로 큰 실수인 것이다. 저녁 파티에서도 기껏해야 소다수 한 잔이나 알코올 도수가 낮은 술을 한 잔 마시는 게 전부이다.

유대인은 술을 마시면서 주고받는 이야기는 신뢰할 수 없고, 술을 마시는 시간에 사무실이나 집으로 돌아가서 맑은 정신으로 내일에 대한 새로운 구상을 하는 것이 훨씬 더 생산적이라고 생각한다.

그래서 사업을 하는 사람들에게 유대인은 다른 거래처 사람들한테는 얼마든지 통하는 방법이 여간해서 먹히지 않는 아주 까다로운 상대이다.

유대인은 일 때문에 만난 상대방에게 개인적인 이야기는 절대 하지 않는다. 그래서 유대인과 친구가 되는 것은 하늘의 별따기만큼이나 어렵다. 하지만 거액이 오고 가는 비즈니스 현장에서 술에 취한 채 사업 이야기를 하기 싫어하는 것을 까다롭다고만 할 수는 없을 것이다.

'술자리에서는 절대로 사업 이야기를 하지 말자. 그러려면 아예 술자리에 참석하지 말자.' 이것이 바로 유대인의 비즈니스 법칙이다.

계약서 쓰기 좋아하는 민족

예루살렘에 살고 있는 유대인의 가정집에 가면 우리나라의 일반 가정에서는 좀처럼 볼 수 없는 아주 특이한 것을 발견할 수 있다. 그것은 바로 결혼서약서이다. 마치 학교에서 받은 표창장처럼 예쁘게 장식된 종이에 두 남녀가 하나님 앞에서 죽을 때까지 서로 사랑하며 아끼며 존중하며 살아가겠다는 글이 히브리어로 길게 적혀 있고, 그 밑에 남편과 부인이 나란히 서명한 것을 액자에 끼워 벽에 걸어놓았다.

우리나라에서는 혼인신고서를 거실 벽에 걸어놓은 가정은 아마 없을 것이다. 하지만 유대인은 결혼마저도 이렇게 서약서로 작성해서 눈에 잘 띄는 거실 벽에 걸어놓고 오고 가며 들여다본다. 이처럼 결혼서약서를 작성하여 장롱 깊숙이 처박아놓지 않고 거실 벽에 걸어놓는 것은 어찌 보면 참 잘하는 일이라는 생각이 들기도 한다.

이렇듯 유대인은 서약서나 계약서 쓰기를 무척 좋아한다. 이집트에서 이스라엘 백성을 데리고 나온 모세는 시내 산에서 하나님으로부터 십계명을 받았다. 이 열 가지의 계명은 하나님과 인간이 맺은 일종의 계약이다.

이스라엘 남자아이의 경우 태어난 지 8일 만에 '브리트 밀라'라고 하는 할례 의식을 행하는데, 이는 유대인으로 태어나 죽을 때까지 하나님만 섬기며 살겠다는 일종의 계약을 몸에 표시하는 의식이다.

뿐만 아니라 이스라엘의 남자아이는 만 13세가 되면 '바르 미츠바'라고 하는 성년식을 치른다. '바르'란 '아들'을 뜻하고 '미츠바'는 계약을 뜻한다. 그러니까 성년식은 이 남자아이를 계약에 의해 하나님께 아들로 바치는 의식이다.

인간과 하나님의 관계에서도 이처럼 계약하기를 좋아하는 민족이다 보니 부부 사이에도 계약서를 쓰고 부모와 자식 간에 대화를 나눌 때에도 늘 계약 조건이 따른다.

"제가 공부를 열심히 해서 좋은 성적이 나오면 부모님은 저에게 무엇을 해주실 건가요? 그 대신 부모님께서 원하는 만큼 성적이 안 나올 경우에는 제가 이렇게 하겠습니다."

어떻게 보면 좀 인정머리가 없는 대화인 것 같다. 이처럼 계약하기를 좋아하는 민족이다보니 자연적으로 사업상 계약서만큼은 철두철미하게 작성한다. 물론 유대인이 아닌 사람들도 사업을 할 때는 계약서를 작성하지만 유대인이 작성하는 계약서는 정말 꼼꼼하기 이를 데 없다.

일을 하고 작업을 맡기는 데 있어서의 조건과 그에 따른 대금 지불 시기와 방법 등은 기본이고, 심지어는 나중에 생기게 될지도 모를 여러 가지의 상황에 대한 계약 조건을 미리 명시해둔다. 이러한 계약 문화가 유대인의 경제 관념을 더욱 굳건하게 만드는 것이다.

"계약서에는 이렇게 적혀 있지만 우리는 계약서보다 훨씬 더 많은 일을 했으니 계약서와는 상관없이 더 생각해주었으면 좋겠다."

이런 말은 유대인에게는 절대로 통하지 않는다.

그리고 계약서에 적힌 것은 확실하게 지킨다. 한번 한 약속만큼은 철저하게 지키는 것이다. 가령 아이들이 부모에게 무언가를 요구했을 때 보통의 부모들은 귀찮아서라도 지키지 못할 줄 뻔히 알면서도 쉽게 약속을 한다. 하지만 유대인은 부모와 자식 간에 한 약속도 철저하게 지킨다. 그러니 돈이 오고 가는 사업의 현장에선 말할 것도 없다. 유대인을 상대로 사업을 할 계획이 있다면 그들의 계약서를 꼼꼼히 읽어보고 잘 따져봐야 한다.

가난은 죄가 아니다 그러나 자랑도 아니다

우리의 인생에서 돈이란 과연 무엇일까? 그리고 돈을 버는 이유는 과연 무엇일까? 또 돈은 어떻게 벌어야 하는 것일까? 빚을 갚기 위해, 집을 넓히기 위해, 경제적으로 풍족한 삶을 누리기 위해 돈을 버는 사람도 있을 것이다. 그렇다면 유대인에게 있어서 돈은 과연 어떤 개념일까? 그리고 그들은 왜 돈을 벌까?

히브리어로 돈을 '가이소오'라고 한다. 일반적으로 유대인은 돈이 인생의 목표가 아니라 수단이라고 생각한다. 그리고 돈을 버는 목적은 오직 한 가지이다. 바로 교육이다.

하나님이 주신 귀한 선물인 자녀가 올바르게 성장하도록 지도하고 관리하는 것이 부모의 역할이자 의무이고, 그 역할을 제대로 수행하기 위해서는 반드시 돈이 필요하기 때문이다.

'가난은 죄가 아니다 그러나 자랑할 일도 아니다.'

'돈으로 행복을 살 수는 없지만 행복을 불러오는 데는 큰 역할을 한다.'

'돈이 인생의 전부가 아니라고 얘기하는 사람은 죽을 때까지 돈을 모을 수 없다.'

'인간이 동물과 다른 점이 있다면 바로 돈 걱정을 한다는 것이다. 돈 걱정을 하는 동물은 지구상에 단 하나도 없기 때문이다.'

이것이 바로 유대인이 생각하는 돈에 대한 개념이다. 그렇다면 돈은 어떻게 벌어야 한다고 생각할까?

좀 의아한 이야기이지만 유대인은 돈은 버는 것이 아니라 굴리는 것이라고 생각한다. 물론 돈을 굴리려면 웬만큼은 벌어야 하지만 돈을 벌려면 꾸준히 그리고 열심히 일하는 것만이 능사가 아니라는 말이다.

비록 작은 돈이라도 현금이 생기면 그 돈을 이용해서 불려나가는 것이 유대인의 재산 증식 방법이다. 앞서 설명했듯이 유대인은 중세 시대에도 유럽 사람들을 상대로 돈을 빌려주고 높은 이자를 받으며 재산을 불려나갔다. 전 세계에 뿔뿔이 흩어져 살면서도 그들은 은행을 만들었고, 그 나라 정부가 그들의 은행을 몰수하면 다른 곳으로 이사해서 또 다른 은행을 만들었다. 아마도 전 세계에서 돈을 이용해서 이자를 받아 챙기는 데는 유대인의 노하우와 지혜를 따라갈 사람이 없을 것이다.

성인식에 들어온 축하금을 주식에 투자하거나 은행에 저금해서 그 이자를 받아 사회생활을 시작할 정도로 은행 이자는 그들에게 중요한 재산 증식 방법이다.

만약에 나에게 생각지도 않았던 돈 1억 원이 갑자기 주어진다면 그 돈으로 뭘 할까? 여기저기 깔려 있는 빚을 정리한다는 사람도 있을 것이고, 또 어떤 사람은 집을 넓힐 것이다. 아니면 그 돈으로 뭔가 새로운 사업을 구상할 수도 있다.

하지만 유대인은 한결같이 그 돈을 어떻게 굴려 이자를 받을지를 고민한다. '돈은 눈덩이다. 굴리면 굴릴수록 커진다.' 탈무드에 적혀 있는 말이다.

10분의 1은 내 것이 아니다

유대인은 돈밖에 모르는 수전노이다. 아마도 셰익스피어의 소설 《베니스의 상인》이라는 소설책을 읽어보면 그런 생각이 들지도 모른다. 돈을 빌려주고 이자를 받는 것은 더러운 일이라고 생각했던 중세 유럽 사람들 눈에는 이자놀이로 돈을 버는 유대인이 그렇게 보였을지도 모른다. 그리고 실제로 세계 경제를 주무를 정도로 유대인이 돈을 많이 갖고 있다는 사실 때문에 유대인과 돈은 밀접하다고도 생각할 수 있다.

하지만 유대인은 돈을 하나님의 것이라고 생각한다. 그저 하나님의 돈을 자신들이 관리하는 것이라고 생각한다.

정말 그럴까? 예루살렘 곳곳에 있는 공원에 가면 나무 벤치에 누군가의 이름이 적힌 명함 크기만 한 동판이 박혀 있는 것을 볼 수 있다. 이런 동판은 벤치뿐만 아니라 식수대나 조각품에도 부착되어 있는데, 자세히 보면 'Donated by OOO' 라고 적혀 있다. 이 벤치는 누구누구의 기부에 의해서 설치되었다는 뜻이다.

이처럼 이름이 새겨진 동판은 공원뿐만 아니라 공공시설, 예를 들면 육교나 도서관, 박물관 같은 커다란 건물에도 박혀 있다. 건물을 세우는데 필요한 자금을 기부한 사람의 이름과 함께 그 사람이 현재 어디에 살고 있는지도 적혀 있다.

예루살렘에 있는 야드바셈Yad Vashem이라는 홀로코스트 박물관에 갔을 때는 박물관 구석구석과 야외의 거의 모든 부분에 이름이 새겨진 동판이 붙어 있는 것을 보고 놀라지 않을 수 없었다. 박물관의 복도에도 계단에도 전시장 하나하나에도 모두 이름이 적힌 동판이 붙어 있었다.

그만큼 유대인의 생활 속에 기부문화가 깊숙이 뿌리 박혀 있다. 유대인은 교회에 십일조 헌금을 하듯이 수입 중의 10분의 1은 반드시 이웃과 사회에 기부하는 것이 어려서부터 습관화되어 있다.

이것을 히브리어로 '미스바' 라고 한다. 예루살렘에서는 공공기관이나 사람들이 많이 다니는 곳에 조그마한 상자가 놓인 것을 자주 볼 수 있는데, 그 통 안에 기부를 하라는 뜻이다.

또 기부함을 들고 인파가 많은 곳에서 기부금을 모으는 사람들도 있다. 이런 사람들을 만나면 유대인은 주머니에서 주섬주섬 돈을 꺼내 통안에 돈을 넣어준다. 그러면 기부함을 들고 있는 사람이 '브라하' 라고 인사한다. '브라하' 라는 말은 히브리어로 '축복합니다' 라는 뜻이다.

예루살렘의 초등학교나 중·고등학교에 가도 복도 한쪽 구석에 이런 기부함이 놓여 있고 학생들이 돈을 집어 넣는다.

'지금 내 지갑 속에 있는 돈의 십분의 일은 내 것이 아니다. 이 돈은 남을 위해 써야 한다.' 이 역시 유대인이 돈에 대해 갖고 있는 생각이다.

물건 파는 데는 천재

얼마 전에 예루살렘의 올드 시티 자파 게이트Jaffa Gate 바로 옆에 예루살렘의 새로운 명소가 될 만한 현대식 패션 상가가 문을 열었다. 그래서 이곳은 낮부터 늦은 밤까지 인산인해를 이룬다. 우리나라의 압구정동 패션 거리나 일본의 긴자 거리처럼 값비싼 명품 옷에서부터 다국적 기업이 만든 브랜드의 옷들이 보기 좋게 진열되어 있다.

그런데 자세히 보면 원 플러스 원 판매가 유난히 많다. 그리고 상품 가격을 이스라엘의 화폐 단위인 셰켈로 표기하는데 100셰켈, 500셰켈, 1,000셰켈이 아니라 99셰켈 499셰켈 999셰켈로 매겨놓았다. 텔아비브 공항의 면세점에서도 원 플러스 원이라든가 스리 플러스 원 또는 99셰켈이라는 가격표를 많이 볼 수 있다

이러한 가격표를 우리나라에서도 흔히 볼 수 있지만 예루살렘에 유난히 많은 이유는 바로 유대인이 이런 방식을 만들었기 때문이다.

물건을 구입하려는 손님들이야 하나를 사든 두 개를 사든 한 가지를 덤으로 준다면 일단 기분이 좋다. 마치 하나를 공짜로 얻는 것 같으니까 말이다. 하지만 장사꾼들은 덤으로 하나 더 주는 것을 이미 판매 가격에

다 포함해놓았을 것이다. 그런데도 손님들은 플러스 원 제품에 손이 더 가게 마련이다.

그리고 세 자릿수의 100셰켈보다는 두 자릿수의 99셰켈이라고 하면 시각적으로 더 저렴해 보인다. 단 1셰켈 적은데도 말이다. 구매자의 심리를 이용한 이러한 유대인의 상술은 거의 천재적이라고 할 수 있다

유대인의 가게에 가서 하기 힘든 것 중에 하나가 바로 홍정이다. 유대인들 사이에서는 깎아달라는 손님도 없고 또 깎아주는 주인도 없다. 물건을 파는 사람은 적당한 가격을 책정하고 손님 역시 그 가격을 믿고 물건을 구입한다.

홍정이 필요 없는 그들만의 장사법, 그런 그들이 만들어낸 것이 바로 백화점이다. 서구 사회의 가게는 백화점이 생기기 전에는 한 가게에서 한 가지 물건만 파는 이른바 전문점 형태였다. 옷을 파는 가게는 옷만 팔고, 그릇을 파는 가게는 그릇 이외의 다른 물건은 취급하지 않았다. 물론 이런 판매 방식도 나름대로 좋은 점이 있지만 장을 보려면 수십 군데의 가게를 돌아다녀야 해서 불편하다.

남의 나라에서 가게를 가질 수 없었던 유대인은 수레에 여러 가지 제품을 싣고 다니면서 판매하는 이동식 종합 슈퍼마켓을 고안해냈다. 물론 이때에도 가격을 깎아주지 않고 각 제품에 손으로 일일이 가격표를 붙였다. 왜냐하면 수백 수천 가지의 물건 가격을 주인이 모두 외울 수 없었기 때문이다. 이런 식의 가격 정찰제 덕분에 손님이 많이 찾았고 그렇게 해서 번 돈으로 유대인은 마침내 커다란 빌딩을 짓고 백화점이라는 것을 만들게 된다.

우리나라 백화점에서도 물건 값을 홍정하려는 사람은 없을 것이다. 백화점에 가면 상품마다 정해진 돈을 내고 또 제품의 품질을 믿고 구입한다. 이는 백화점에서만 가능한 판매 방식인데, 바로 유대인이 그 방식을 고안해낸 것이다.

수표에서 신용카드까지

우리가 사용하고 있는 수표도 유대인이 처음 만들어 유통시켰다. 지금 당장은 현찰이 없지만 내가 갖고 있는 종이에 금액을 적고 사인을 해서 상대방에게 건네주면 그 종이를 은행에 가져가서 적힌 액수만큼 현금으로 바꿀 수 있는 수표.

유대인은 이스라엘에서 쫓겨난 이후 세계 각 나라에 얹혀살면서 할 수 있는 것은 오로지 돈을 버는 일뿐이었다. 이자놀이를 했고 장사를 했다. 남들이 하는 장사는 할 수 없었기 때문에 늘 새로운 물건을 팔아야 했고 그래서 돈을 많이 벌었다.

따라서 유대인에게는 현금이 많았고 그 때문에 나쁜 사람들에게 늘 표적의 대상이 되었다. 유대인 장사꾼 하나만 잡아다 옷을 벗겨도 현금이 우수수 쏟아진다는 말도 나돌았다. 그래서 유대인은 강도와 도둑을 늘 신경 썼고, 현찰을 지니지 않을 방법을 고민하다가 수표를 만들었던 것이다.

그리고 유대인은 어음도 만들어냈다. 수표는 언제든지 은행에 가서 현금으로 찾을 수 있는 반면 어음은 정해진 날짜에만 돈을 찾을 수 있다. 신용카드는 어음의 거래 형태가 발전된 것이다. 유대인은 상거래에서만큼은 혀를 내두를 만큼 천재적인 사람들인 것이다.

그러면 지폐는 과연 언제부터 생겼을까? 박물관이나 유물 전시회에 가면 수천 년 전에 사용하던 동전을 볼 수 있는데, 그 당시 영향력이 강했던 인물들의 초상이 조각되어 있기도 하다. 동전은 대개 동이나 은, 금을 사용해 만들었는데 툭하면 도망을 다녀야 했던 유대인에게는 동전이 보통 짐이 아니었다. 짐을 최대한 가볍게 해야 빨리 그리고 멀리 도망갈 수 있는데 무거운 동전 때문에 추격자들에게 붙잡혀 봉변을 당할 수도 있었던 것이다.

그래서 그들이 고안해낸 것이 바로 지폐이다. 유대인이 지폐를 만들어 널리 유통시켰다는 사실을 아는 사람은 그리 많지 않다.

돈을 벌려면 여자를 연구하라

유대인이 다이아몬드에 관심을 갖는 데는 앞에서 이야기한 것과는
또 다른 이유가 있다. 일반적으로 동서고금을 막론하고 남자는 돈을 버
는 존재로 알려져 있다. 그래서 유대인은 돈을 벌려면 남자보다는 여자
를 공략해야 한다고 생각한다. 다이아몬드 목걸이를 한 남자는 좀처럼
볼 수 없지만 여자들은 아무리 값비싼 다이아몬드라 하더라도 관심을
보인다.

'돈을 벌려면 여자를 연구하라.' 이는 유대인의 상술에서 빼놓을 수
없는 부분이다. 여자들이 좋아하는 것은 자신을 더 아름다워 보이게 해
주는 보석이나 화장품 그리고 패션이다.

헬레나 루빈스타인Helena Rubinstein은 세계적으로 역사와 명성을 인정받
는 화장품 회사이다. 이 회사를 비롯해 에스티 로더Estee Lauder와 존슨 앤
드 존슨Johnson & Johnson 역시 유대인이 설립한 세계적인 화장품 회사이다.
그리고 리바이스Levis 진과 같은 의류 회사도 유대인이 만들었다.

특히 예술적인 감각이 뛰어난 유대인이 디자인한 보석과 패션 제품
은 아름다워지고 싶어 하는 상류층 여성들의 소비 심리를 자극했다. 유
대인은 다이아몬드와 화장품 분야 외에 금융 계통과 유통 회사, 영화 사
업 등 손을 대지 않는 분야가 없다.

요즘에는 여자들도 돈을 벌고 남자들의 소비도 만만치 않기 때문에
여성들을 공략하던 유대인의 상술이 먹혀들지 않을지도 모른다. 그러
나 그들의 상술은 세계 경제에 중요한 흐름을 만들었고, 많은 성공을 거
두었다.

돈을 벌고 관리하는 데 남다른 지혜를 보여주었던 유대인의 돈에 대

한 동물적 감각은 2000년이라는 긴 세월 동안 나라 없이 떠돌아 다니는 삶 속에서 자신들을 굳건히 지켜낼 수 있는 중요한 요소였던 것이다.

전 세계에 형성된 유대인 네트워크

2008년 말 이스라엘의 통계청에서 발표한 이스라엘의 인구는 724만 명이다. 우리나라의 서울시 인구가 1000만을 넘으니 서울 인구보다 훨씬 적은 셈이다.

그런데 특이한 것은 전 세계 국가들 중에서 같은 민족이면서 자기 나라 보다 남의 나라에서 살고 있는 인구가 더 많은 국가는 이스라엘이 단연 최고이다.

미국에 살고 있는 유대인이 530만 명, 프랑스에 49만 명, 캐나다에 37만 5000명, 영국에 29만 5000명 정도가 살고 있고, 러시아에도 21만 5000명이 살고 있다고 한다. 그래서 모두 합치면 전 세계에 흩어져 살고 있는 유대인이 약 800만 명이 된다.

최근에는 이스라엘로 귀국해서 정착하는 유대인의 수가 늘어나고 반대로 해외에서 살고 있는 유대인의 수는 점점 줄어들고 있다고 한다. 어쨌든 이렇게 많은 수의 유대인이 세계 각국에 뿔뿔이 흩어져 사는 것은 그들이 사업을 하는 데 많은 도움이 된다.

예를 들면 이스라엘의 기업이 해외로 진출할 때는 해당 나라의 유대인 기업가들을 먼저 찾아 그 나라의 문화와 경제 상황 등을 파악할 수 있다. 또 그곳의 유대인 기업가와 손잡고 일을 할 수도 있다.

영국 런던과 러시아 모스크바 그리고 프랑스 파리, 미국 워싱턴의 유대인 공동체는 하나의 거대한 네트워크를 형성하고 있다. 한 마디로 유대인은 전 세계에 걸쳐 하나의 공동체로 똘똘 뭉쳐 있는 것이다.

예를 하나 들어보자.

미국 뉴욕에 있는 다이아몬드 클럽에는 2000여 명의 회원이 있는데 그중 90%가 유대인이다. 그리고 회원들 사이에는 전화 통화가 안 되는 사람이 없다. 직접적으로는 몰라도 한 사람 걸러서는 모두 알게 된다. 그 사람의 이름과 가족과 기업 그리고 그 사람의 성격까지… 그리고 정기적인 모임을 통해 서로의 정보와 노하우를 공유한다. 이런 유대인 공동체 의식은 전 세계에 걸쳐 형성되어 있다.

하나의 신을 믿는 신앙 공동체, 똑같은 아픔과 고난을 견뎌온 고통의 공동체, 비록 전 세계에 흩어져 있지만 토요일만 되면 모든 일을 멈추는 문화 공동체. 그래서 이들 공동체를 깨뜨리거나 공동체에 끼어드는 것은 하늘의 별따기만큼이나 어렵다.

다른 나라에서 새로운 사업을 시작할 때 그 나라에 있는 유대계 금융회사에서 자금 지원을 받고, 그 나라에 있는 유대계 정치인의 협조를 받으며, 그 나라에 있는 유대계 언론사의 도움을 받는다면 어떤 사업을 해도 부족함이 없을 것이다.

서로서로 돕는 유대인의 이런 공동체 의식이 형성되는 데는 그동안 나라 없이 세계 각지를 떠돌며 살았던 역사와, 같은 유대 민족이 서로 돕지 않으면 안 된다는 의식이 많이 작용한 듯하다. 이왕이면 내 민족, 이왕이면 내 가족을 먼저 생각하고 서로 돕는 공동체 의식은 유대인이 돈을 버는 데 아주 중요한 요소가 되고 있다.

6부
유대인의 힘은 어디서 비롯되는가

세계를 움직이는 2%의 유대인

상대성 이론으로 유명한 천재 물리학자 아인슈타인Einstein, 노벨 평화상을 받은 미국의 전 국무장관 헨리 키신저Henry Kissinger, 미국의 경제 대통령으로 불리는 앨런 그린스펀Alan Greenspan, 세계의 영화계를 움직이는 미다스의 손 스티븐 스필버그Steven Spielberg, 가장 영향력 있는 매스컴인 〈뉴욕 타임스〉의 사장 슐츠버그Shultzburger, 그리고 〈워싱턴 포스트〉의 사장 캐서린 그레이엄Katharine Graham.

이들 모두는 한 가지의 공통점, 즉 유대인이다. 이렇게 굳이 열거하지 않더라도 전 세계에서 경제적·학문적·예능적으로 특출난 사람들 가운데 상당수가 유대인이라는 것은 많은 사람이 알고 있다.

조금 더 구체적으로 예를 들어보면 경제계에서는, 세계적인 화학 회사 듀퐁, 전기 회사인 제너럴 일렉트릭, 세계의 기름을 쥐고 흔드는 정유 회사 쉘과 엑손 그리고 모빌의 소유주가 유대인이다. 필름 회사인 코닥과 즉석 카메라로 유명한 폴라로이드, 컴퓨터 회사인 IBM의 창업주와 우리가 매일 컴퓨터를 켤 때마다 초기화면에 떠오르는 마이크로소프트의 빌 게이츠 역시 유대인이다. 스탠더드 오일의 창립자인 록펠러와 세계적으로 유명한 가방 회사인 샘소나이트의 창업주도 유대인이다. 복사기 회사인 제록스, 음반 회사인 폴리그램, 우리가 즐겨 마시는 스타벅스 커피전문점도 유대인의 것이다.

2008년 말, 미국발 금융대란 당시 망한 리먼 브러더스나 AIG 같은 투자사와 보험사 그리고 그 회사들을 인수한 대형 금융기업과 사태 수습에 나선 FRB 연방준비제도이사회 역시 유대인이 설립했거나 운영하고 있다. 그러니 전 세계의 금융을 유대인이 주무르고 있다고 해도 과언이 아닐 것 같다. 오죽하면 반유대인 단체 쪽에서 2008년 금융대란을 모두 유대인이 만들고 조종한다고 주장할까. 이는 국제 금융은 유대인의 전유물이라고 할 만큼 영향력이 절대적이고 지배적이라는 말이다.

얼마 전 미국의 유력한 경제 전문지인 〈파이낸셜 월드Financial World〉가 월스트리트에서 가장 영향력 있는 인물 25명을 선정했는데, 그중에 조지 소로스를 포함하여 유대인이 모두 10명이나 뽑혔다고 한다.

방송으로는 CNN과 CBS, ABC의 창업주도 유대인이고, 지배주주도 유대인 그리고 현재 경영인도 유대인이다. 그렇다면 미국의 44대 대통령 버락 오바마 주변엔 유대인이 어느 정도로 포진해 있을까? 한 마디로 말하면 버락 오바마가 몸담고 있는 미국의 민주당은 유대인 정당이라고 해도 과언이 아니다.

이 전통은 프랭클린 루스벨트 대통령 이후부터 이어져 오고 있는데 버락 오바마 대통령 당선자가 내정한 비서실장인 램 이매뉴얼은 1992년 걸프전 때 이스라엘의 의용군으로 참여할 정도로 이스라엘을 사랑하는 유대인이다. 그리고 오바마가 대통령에 당선될 수 있도록 최측근에서 온갖 선거전략을 짜낸 일등공신 데이비드 악셀로드 역시 유대인이다. 버락 오바마도 대통령 선거 기간이던 지난.7월 이스라엘을 방문해서 랍비와 함께 통곡의 벽 앞에서 머리를 숙이고 기도를 할 만큼 이스라엘에 우호적인 인물이다.

이쯤 되면 앞으로 미국의 이스라엘 정책이 어떻게 진행될지 충분히 예상이 되지 않는가? 유대인이 미국의 정치계에서도 굳건히 자리 잡고 있기 때문에 미국의 이스라엘 정책은 우호적일 수밖에 없고 언론과 신문도 이스라엘에 대한 나쁜 기사나 뉴스를 내보낼 수 없을 것이다. 출판 시장에서도 이스라엘이나 유대인에 대한 부정적인 내용의 책을 낼 수 없고, 책이 출판된다 하더라도 유통시킬 수가 없다. 미국의 거대 영화 사도 거의 유대인이 장악하고 있다. 그래서 유대인의 고통을 다룬 '쉰 들러 리스트' 와 같은 영화가 나오고 유대인이 그렇게도 좋아하는 모세 를 소재로 한 '십계' 라는 영화가 나올 수 있었던 것이다.

그렇다면 교육계에서는 유대인이 어느 정도 자리를 확보하고 있을 까? 350년 전 미국 땅에 도착한 유대인은 제일 먼저 하나님께 예배를 드릴 유대교 회당인 시나고그를 세웠다. 그리고 토라와 탈무드를 배울 수 있는 학교인 예디시를 세웠는데, 그 학교가 바로 세계 유수의 하버드 대학이 된 것이다. 프리스턴 대학의 경우에는 교수와 행정 책임자들의 90%가 유대인이라고 한다. 그리고 하버드 대학, UCLA 의과 대학과 법과 대학의 교수 중에 50%가 유대인이라고 한다. 미국 뉴욕의 중ㆍ고등 학교 교사 중에 50%가 유대인이고 전 미국의 대학교수 중에 30%가 유대인이다.

역사적으로 유명한 학자들도 유대인이다. 오스트리아의 신경과 의사이자 정신분석학의 창시자인 지그문트 프로이트Sigmund Freud와 한때 우리나라에서도 베스트셀러가 되었던 《제3의 물결》의 저자인 앨빈 토플러Alvin Toffler도 유대인이다. '내일 지구가 멸망해도 나는 오늘 한 그루의 사과나무를 심겠다' 고 얘기했던 네덜란드의 철학자이자 작가인 스피노자Spinoza, 《자본론》을 쓰고 공산주의 이론을 완성한 독일의 학자 카를 마르크스Karl Marx도 유대인이다.

과학계는 더하다. 결핵 치료에 결정적 역할을 한 스트렙토마이신streptomycin을 만든 사람도 유대인인 셀만 왁스만Waksman Selamn Abraham 박사였고, 세상을 바꾼 100가지 기술 중에 하나로 선정된 항생제 페니실린 역시 플레밍과 함께 유대인인 언스트 체인Sir Emst Boris Chain 박사의 작품이다.

전구와 영사기, 축음기를 발명한 토머스 에디슨Thomas Edison도 유대인이고 유명한 알베르트 아인슈타인Albert Einstein도 유대인이다.

예능계라고 해서 절대로 뒤지지 않는다. 한해 평균 90억 달러의 수익을 내면서 세계인의 정서를 좌우하고 있는 미국의 할리우드만 예를 들어 보자.

영화 '슈퍼맨' 시리즈나 '메트릭스' 시리즈, 그리고 '해리포터' 시리즈를 만든 영화사 워너 브러더스Warner Bros.는 1923년 유대인 해리 워너 형제가 세웠다. 기독교 영화로 유명한 '십계'와 율 브리너 주연의 '왕중왕'이라는 영화를 만든 파라마운트Paramount Pictures Corporation는 1916년에 유대인 아돌프 주커Adolph Zukor와 제시 래스키Jesse Lasky가 설립했다. 그리고 '사운드 오브 뮤직'이라는 영화와 기독교 영화인 '성의'를 제작한 20세기 폭스Twentieth Century-Fox Film Corp.는 1915년에 유대인인 윌리엄 폭스William Fox가 설립했다.

미국 할리우드에 있는 유니버설 스튜디오로 유명한 유니버설Universal Pictures사 역시 1912년 유대인인 칼 램리Carl Laemmle가 설립했다. 칼 램리는 영화관을 운영하다가 나중에 영화사를 설립했는데 이 회사에서는 '서부전선 이상없다', '프랑켄슈타인' 그리고 '드라큘라'와 같은 유명한 영화를 제작했다.

기독교 영화의 고전이라고 할 수 있는 '벤허'와, '바람과 함께 사라지다'와 '오즈의 마법사'를 제작해서 한때 세계 최대의 영화사라고 불린 MGM사도 1924년 유대인인 새뮤얼 골드윈Samuel Goldwyn과 루이스 메이어Loew's Mayer가 설립했다.

그러니 미국의 영화시장 그리고 세계의 영화시장이 유대인의 손에 의해 좌지우지된다고 해도 틀린 말은 아닐 것이다.

공연계도 마찬가지이다. 매년 할리우드 최고 수입왕에 오를 만큼 돈을 많이 벌고 인기도 많은 세계적인 마술사 데이비드 카퍼필드David

Copperfield도 유대인이고, 무성영화 시대의 유명한 코미디언인 찰리 채플린Charles Spencer Chaplin도 유대인이다.

2003년까지 100세를 살다가 생을 마감한 미국의 전설적인 코미디언 밥 호프Bob Hope, 턱 한가운데가 움푹 파인 매력으로 1960년대 전 세계 여성들을 매료시켰던 영화배우 커크 더글러스Kirk Douglas와 그의 아들이자 영화 '원초적 본능'에 출연한 마이클 더글러스Michael Kirk Douglas, 우리나라 여성과 결혼해 한때 화제가 되었던 영화배우이자 감독인 우디 앨런 Woody Allen도 유대인이고, '해리가 샐리를 만났을 때'라는 영화에 출연한 남자 배우 빌리 크리스털Billy Crystal, '나의 왼발'이라는 영화에 중증 장애인으로 출연해 뛰어난 연기를 보여준 대니얼 데이-루이스Daniel Day-Lewis, '인디아나 존스' 시리즈와 '레이더스', 그리고 '에어포스 원'에 출연한 해리슨 포드Harrison Ford, 영화 '전선 위의 참새'에 출연했고 영화배우 커트 러셀의 아내인 골디 혼Goldie Hawn '크레이머 대 크레이머', '빠삐용', '레인맨', '리틀빅 히어로'에 출연한 더스틴 호프먼Dustin Hoffman, 미국 드라마 '섹스 앤 더 시티'에 출연해 우리나라에서도 많은 팬을 갖고 있는 사라 제시카 파커Sarah Jessica Parker, '왓 위민 원트', '산드라 블록의 행복한 비밀'이라는 영화에 출연하고 'From a distance'라는 노래를 부른 비트 미들러Bette Midler, 영화 '내겐 너무 이쁜 당신'과 '아이언 맨'에 출연한 귀네스 팰트로Gwyneth Paltrow, '아이엠 샘', '데드맨 워킹'에 출연한 숀 펜Sean Penn, 리처드 기어와 함께 '뉴욕의 가을'에 출연한 위노나 라이더Winona Ryder, '첫 키스만 50번째'에 출연한 애덤 샌들러Adam Sandler, '언더시즈'와 '글리머 맨'에 출연한 근육질의 남자 배우 스티븐 시걸Steven Seagal, '메디슨 카운티의 다리'와 '악마는 프라다를 입는다'에 출연한 메릴 스트립 Meryl Streep, 영화 '스타 탄생'과 '화니 걸'에 출연한 영화배우이자 감독 그리고 가수인 바브라 스트라이잰드Barbra Streisand. 이처럼 영화계에도 일일이 열거할 수 없을 만큼 유명한 유대인이 많다.

그리고 한국전쟁 때 인천상륙작전을 이끌었던 더글러스 맥아더Douglas MacArthur 장군도 유대인이다.

유대인의 우수성에 대해서는 이미 여러 차례 들어보았을 것이다. 전 세계 인구의 2%밖에 안 되면서도 노벨상 수상자의 30%를 차지한다는 얘기도 들어보았을 것이다. 이처럼 유대인이 인류 역사에서 커다란 부분을 차지하는 것은 부인할 수 없는 사실이다. 그래서 우리는 유대인의 두뇌가 우수하다느니 유대인의 자녀 교육법을 배워야 한다는 이야기를 많이 한다.

그렇다면 유대인은 어떤 교육을 받을까? 유대인의 자녀 교육과 가정 교육은 어떻고, 또 국가에서는 어떤 교육을 할까? 유대인의 교육은 모든 민족이 그렇듯이 태어나자마자 가정에서부터 시작된다. 부모들은 아이가 잘 성장할 수 있도록 먹이고 입히는 것뿐만 아니라 잘 교육시키는 것을 의무로 생각한다. 유대인도 예외가 아니다.

'므슈난템 르보네하'.

이 말은 '너희 자녀를 가르치라' 라는 뜻의 히브리어이다. '만일 네가 가르칠 수 없다면 다른 사람을 찾아서라도 자녀를 가르치는 것이 너의 의무이다' 라는 뜻이다. 그만큼 유대인 부모들은 아이들을 가르치기 위해 모든 것을 헌신한다.

우선 유대교는 책을 바탕으로 하는 종교이다. 부모들은 아이가 어려서부터, 말을 하기 전부터 토라를 읽어준다. 그리고 아이가 말을 배우기 시작할 때부터 읽고 쓸 수 있도록 글을 가르친다. 그래야 하나님의 말씀인 토라와 탈무드를 읽을 수 있기 때문이다. 그래서 유대인 중에는 문맹이 없다. 거의 모든 유대인이 글을 읽고 쓸 줄 안다.

아마도 전 세계에서 문맹률이 가장 낮은 나라가 이스라엘이 아닐까 싶은데, 한 통계에 의하면 현재 이스라엘에 살고 있는 유대인 중에는 단한 사람도 히브리어를 읽지 못하거나 쓸 줄 모르는 사람이 없다고 한다.

유대인의 힘은 어디서 나올까

2000년 전 로마에 의해 멸망해 전 세계 각지로 뿔뿔이 흩어져 살게 된 유대인에게는 돈도, 땅도 없었다.

그런 환경에서 그들이 생존하려면 머리라도 좋아야 했다. 또 어서 빨리 자신의 땅으로 돌아갈 수 있게 해달라고 하나님께 매달리기 위해선 열심히 토라를 읽고 외우고 써야 했다. 그러기 위해선 공부를 하고 또 자녀들을 가르치지 않으면 안 되었던 것이다.

유대인이 350년 전 아메리카 대륙에 도착했을 때도 마찬가지였다. 그들은 주로 빈민 지역에서 살 수밖에 없었지만 다른 이민자들과 다른 점이 있었다면 글을 읽고 쓸 줄 알았다는 것이다. 그래서 그들이 선택한 것이 바로 신문과 라디오 프로그램을 만드는 일이었다. 그때 만든 신문이 〈뉴스 위크〉지가 되었고 〈워싱턴 타임스〉가 되었으며 〈뉴욕 타임스〉가 되었다. 그리고 그때 만든 방송국이 지금의 ABC와 CBS 그리고 CNN이 된 것이다.

그리고 유대인만 드나들 수 있는 문화센터도 만들어 음악과 미술, 춤과 문학을 가르쳤다. 그들의 이런 노력으로 마르크 샤갈Marc Chagall과 레오나르드 번슈타인Leonard Bernstein 같은 뛰어난 아티스트를 배출한 것이다.

그리고 유대인의 가정에는 대부분 서재가 있는데, 그들의 서재는 우리가 생각하는 거창한 방이 아니다. 언제든지 토라를 읽고 쓸 수 있는 공간, 그리고 탈무드를 읽을 수 있는 공간이다. 하나님을 향해서 기도하고 묵상하며 토라를 읽을 수 있는 공간을 만드는 그들의 노력과 정성이 뒷받침되어 전 세계의 유명한 석학이나 대학 총장, 학장을 많이 배출할 수 있었던 것이다.

'The Momet of Truth'

언젠가 미국의 Fox-TV에서 방영하는 'The Momet of Truth' 라는 프로그램을 본 적이 있다.

일반인 한 사람을 방송에 출연시켜 여러 명의 가족이 지켜보는 가운데 진행자가 20여 가지 질문을 하면 출연자가 그 질문에 진실만 이야기해야 하는 프로그램이다.

한 가지 질문에 진실하게 대답할 때마다 상금이 쌓여가는데, 첫 번째 질문에 진실을 대답하면 약 500만원, 그리고 두 번째 질문에는 약 1000만원… 이런 식으로 상금이 계속 쌓여가 나중에 20여 가지 질문에 전부 진실하게 대답하면 약 4억원의 상금을 받게 된다.

이 프로그램을 녹화하기 전에 출연자는 제작진의 요구에 따라 거짓말 탐지기를 몸에 부착하고 100가지의 사전 질문에 대답해야 하고, 그렇게 해서 얻은 정보를 통해 출연자가 방송 중에 진실인지 거짓말인지 판단한다.

그렇다면 진행자의 질문 내용은 과연 무엇일까? 앞부분의 질문은 대체로 가벼운 내용들이다. 예를 들면 '당신은 결혼하기 전에 적어도 3명 이상의 다른 남자와 사귀어본 적이 있습니까?' 하고 묻는다. 그럼 출연자는 남편이 지켜보는 가운데 예 또는 아니요로 진실을 이야기해야 한다.

그러나 질문의 수위는 시간이 지날수록 도가 지나칠 정도로 높아진다. 예를 들어 '당신은 결혼 후에도 다른 남자와 진지하게 사귀어본 적이 있느냐' 는 거다. 그리고 그다음 질문이 또 이어진다. '당신은 당신의 어머니보다 더 훌륭하다고 생각하십니까?' 이는 당신의 어머니가 원망스러운 적이 있었느냐는 질문을 돌려서 하는 말이다.

이 프로그램의 재미는 아마도 이런 것일 게다. 남편이 코앞에서 지켜보는데 결혼한 이후에도 다른 남자와 진지하게 사귀어본 적이 있느냐는 질문에 대답해야 하는 출연자의 곤혹스러운 표정, 그리고 과연 뭐라고 대답할지 궁금해하는 진행자와 방청객과 시청자들, 진실을 얘기하면 거액의 상금이 쌓여가지만 진실을 얘기했다가는 가정생활이 어떻게 될지 몰라 갈등하는 출연자의 모습, 엄마가 코앞에서 빤히 지켜보고 있는데 거액의 상금 때문에 자기의 속내를 드러내야 하는 상황….

그런데 이 프로그램에서는 진행 도중에 진행자의 질문에 출연자가 대답하지 못하도록 가족 중의 한 사람이 앞으로 나와 무대 중앙에 있는 버튼을 누를 수가 있다. 극한 상황을 출연자의 가족이 나서 막게 하자는 일종의 프로그램 진행 룰이다.

내가 봤던 그 프로그램에서는 여자 출연자가 거액의 상금이 왔다갔다하는 상황에서 가혹할 만큼 짓궂은 질문에 전부 진실을 대답했다. 그런데 한 질문에서 갑자기 이 출연자의 남편이 무대 앞으로 나와 커다란 버튼을 꾹 눌렀다. 다른 건 다 참을 수 있는데 제발 그 질문에는 아내가 대답하지 말아달라고 제동을 건 것이다.

그 질문은 '당신이 유대인이라는 것을 알게 된 후 그 사실을 남들이 알까 두려워한 적이 있습니까?' 였다. 그 여자 출연자와 가족은 모두 유대인이었던 것이다. 그 질문에 유대인 여자 출연자는 당황했고 그 모습을 지켜보던 출연자의 부모와 남편 역시 당황하는 기색이 역력했다.

자신이 유대인이라는 사실을 알고 나서 그 사실이 부끄러웠던 적이 있는가? 이것은 유대인에겐 매우 민감한 문제이다. 왜냐하면 유대인 부모들은 아이들에게 유대인으로서의 긍지와 자부심을 가르친다.

그런데 그 여자 출연자가 '그렇다. 나는 내가 유대인이라는 것을 남이 알까봐 두려워한 적이 있다' 라고 대답할 경우 부모가 받게 될 마음의 상처와 절망감을 그녀의 남편이 미리 알고 막았던 것이다.

남편은 아내가 결혼한 이후 직장 동료와 외도한 사실을 아내의 입을 통해 들으면서도 꾹 참았다. 배우지 못한 엄마가 부끄러워서 친구들한테 거짓말을 한 적이 있다는 이야기를 들으면서도 출연자의 엄마는 꾹 참고 앉아 있었다. 그러나 유대인의 신분에 대한 질문만큼은 남편이 나서 가로막았다. 수억 원의 상금마저 포기해가면서 말이다.

이를 보면 유대인 부모는 자녀들에게 유대인이라는 사실을 강조하며 가르치고 교육하는 데 목숨을 걸다시피 한다는 것을 알 수 있다.

교육의 시작은 식탁

유대인의 가정교육은 식탁에서 이루어진다. 물론 바쁜 현대사회이니 이스라엘 사람이라도 일이 저녁 늦게 끝날 때도 있고, 저녁 약속도 있겠지만 대부분의 사람들은 특별한 일이 아니면 일찍 집으로 돌아간다.

물가가 비싸고 인플레이션이 심한 이스라엘에서는 한 달 생활비가 많이 들어간다. 그래서 많은 여성이 맞벌이를 하지만 주부들은 저녁이 되면 일찍 집으로 돌아가 저녁식사를 준비한다. 다양한 우리의 외식 문화와는 달리 이스라엘은 몇몇 중심가를 빼고는 음식점이 많지 않다. 그만큼 외식을 하는 사람들이 많지 않다는 뜻이다.

게다가 유대인의 정결음식법kosher 때문에 대중 음식점이 그다지 활성화되지 않았다. 일찍 가정에 돌아온 주부는 부지런히 저녁 준비를 하고 남편은 아내를 도와 식탁 정리를 한다. 빵과 샐러드를 만들고 수프를 만든다. 그리고는 저녁에 가족이 모두 식탁에 앉아 식사를 하며 대화를 나눈다. 하루 종일 밖에서 있었던 일들을 이야기하고 각자 하루의 신앙 생활을 점검한다. 이때 아버지는 주로 아내와 자녀들의 이야기를 듣는 편이다.

우리나라에서는 텔레비전을 보면서 식사를 하는 사람이 많지만 이스라엘 가정에서는 식사 시간에 텔레비전을 켜놓는 일이 드물다. 아니 텔레비전을 틀어도 그다지 재미있는 프로그램이 없다. 우리나라의 텔레비전에서는 버라이어티 프로그램이라든가 음식점 탐방 프로그램, 그리고 각종 퀴즈와 오락 프로그램이 매 시간 쉼 없이 방송되지만 이스라엘의 텔레비전은 우리의 관점에서 봤을 때 그다지 재미있는 프로그램이 없다. 그렇다고 해서 텔레비전 방송 시간이 우리보다 적지도 않지만, 식사 시간에 틀어놓고 가족 간의 대화를 포기하면서까지 볼만한 프로그램이 많지 않다는 것이다. 이스라엘 가정에서는 식사 시간을 무척 소중하게 여기기 때문에 특히 저녁식사 시간이 무척 길다. 유대인의 시간 관념으로 보면 하루의 일과가 저녁에 시작되기 때문에 우리처럼 아침 식탁에 둘러앉기보다는 저녁식사를 함께 하는 경우가 많은 것이다.

다른 종교나 가정에서처럼 세대 간의 문화적 차이도 크지 않다. 세대 차이가 없는 종교는 전 세계에서 유대교가 유일하다고 생각될 정도이다. 식사 시간은 그들에게 또 하나의 예식이자 교육의 시간이다. 대화의 시간이고 화해의 시간이기도 한다. 사업가들이 사업상 중요한 사람을 만날 때 식사를 함께하면서 대화를 나누면 일이 잘 풀리듯이 함께 식사를 하며 대화를 나누는 식탁만큼 서로를 깊게 알고 이해할 수 있는 자리도 없다. 이스라엘 사람들은 그런 점을 잘 이용하는 것이다.

유대인의 집에 갈 수 없다

이스라엘에서 유대인과 저녁식사 약속을 하고 싶다면 인내심을 가져야 할지도 모른다. 그들은 웬만해선 이방인과 저녁식사 약속을 하지 않기 때문이다. 그들은 퇴근 후 집으로 돌아가 가족과 함께 저녁식사를 하는 것을 마치 예식을 치르듯 소중히 여긴다. 그래서 이방인과의 약속 때문에 중요한 예식을 방해받거나 미뤄지거나 취소되는 것을 용납하지 않는다.

나는 언젠가 예루살렘의 한 식당에서 두 아이와 함께 외식을 하는 유대인 부부를 옆 테이블에서 본 적이 있다. 그런데 두 아이가 부산하기 짝이 없었다. 한 아이가 옷에 음료수를 엎지르자 엄마가 얼른 수건으로 아이의 손과 옷에 묻은 음료수를 닦아냈다. 그러고 나서 잠시 후 다른 아이가 음식 그릇을 바닥에 떨어뜨리자 이번에는 아버지가 아이의 옷을 수건으로 닦아주면서 아이가 놀래지 않았나 살펴보았다. 나 같았으면 아이를 몇 번이나 나무라고 혼냈을 테지만 그들 부부는 전혀 아이들을 혼내거나 나무라지 않았다. 일일이 수건으로 아이들의 손과 옷을 닦고 식당의 바닥을 닦았다.

예루살렘에 살고 있는 한국 교민에게 어찌 저럴 수가 있느냐고 물었다. 그 교민이 하는 말이 탈무드에 이런 말이 있다고 한다. '화를 참지 못하는 자는 아이들을 가르칠 수 없다.' 그래서 유대인의 부모들은 여간해선 아이들에게 화를 내지 않는다고 한다. 말을 하고 타이르고 대화하고 설득해서 아이들의 잘못을 고쳐나간다는 것이다. 물론 시간이 걸릴 것이다. 그리고 우리가 생각하는 것만큼이나 답답할 것이다. 하지만 유대인 부모들은 참고 인내하며 아이를 교육시켜나가는 것이다.

그들이 만약 가정에서 저녁식사를 했다면 식사를 마친 뒤 각자 한 아이씩 데리고 성경 공부를 했을 것이다. 대부분의 유대인 가정에서 그렇게 하기 때문이다. 유대인 부모들은 각자 한 아이씩 맡아 무릎에 앉히거나 식탁에 앉아서 30분씩 성경 공부를 한다. 아이들은 성경 인물 이야기 그리고 그 뒤에 이어지는 대화와 토론의 시간, 모세와 아브라함, 다윗은 어떤 사람이었는지를 대화를 통해 배워나가는 것이다. 이스라엘에는 이렇게 아이들을 교육시키는 어린이용 성경 공부 책의 종류가 매우 많다.

예루살렘 시내 곳곳에 자리 잡고 있는 종교 서적 전문점뿐만 아니라 일반 서점에도 성경 공부 책이 많이 구비되어 있다. 그리고 이스라엘에서는 헌책을 파는 곳을 찾아보기 어렵다. 한번 산 책은 절대로 내다버리거나 팔지 않는 이스라엘 사람들…. 이스라엘의 유대인은 가정에서부터 성경 공부를 하루도 빠뜨리지 않고 하고 있다.

문에 붙어 있는 말씀

이스라엘에서는 예루살렘을 비롯한 모든 도시의 건물 입구에서 아주 특이한 것을 발견할 수 있다. 크고 작은 건물은 물론이고 유대인이 살고 있는 가정집이나 심지어는 예루살렘의 올드 시티 안으로 들어가는 예루살렘의 성, 특히 시온 성문에도 작은 물건이 문 옆에 붙어 있다. 반쯤 타버린 양초 크기인데 어떤 것은 화려한 색깔로 장식되어 있는가 하면, 또 어떤 것은 은이나 스테인리스스틸로 되어 있다. 그리고 그 작은 물건 엔 히브리어로 '슈마 이스라엘'이라고 적혀 있는데, 이 말은 '이스라엘을 지켜주신다'는 뜻이다. 그래서 유대인은 건물에 들어가거나 자기 집 안으로 들어갈 때는 반드시 이 작은 물건에 손을 댄 뒤에 그 손을 자기의 입에 갖다 댄다. 나올 때도 마찬가지다. 이 작은 물건을 '메주자 mezuzah'라고 한다.

수천 년 전 모세가 이집트에 거주하는 이스라엘 백성을 이끌고 가나안 땅으로 돌아가려 할 때 바로왕이 반대하자 하나님이 하룻밤 사이에 이집트 땅의 모든 가정에 있는 장자를 죽이는 벌을 내리게 된다.

그때 이스라엘 백성의 집 문설주에 양의 피를 바르는 것을 표시로 해서 이스라엘 백성의 장자들은 죽이지 않았다. 그 일을 기억하면서 오늘날에도 모든 유대인의 가정이나 건물에 '슈마 이스라엘'이라고 적힌 메주자를 붙이는 것이다. 그렇다면 왜 집 안에 들어가거나 나올 때 메주자에 갖다댔던 손을 입에 갖다대는 것일까?

그것은 하나님의 말씀이 꿀송이보다 더 달아서 평생토록 빨아먹어야 한다고 생각하기 때문이다. 기독교인들도 하나님의 말씀이 꿀보다 더 달다는 표현은 가끔 사용하지만 유대인처럼 하나님의 말씀이 적힌 메주자를 손으로 만지고 그 손을 입에 갖다댈 정도로 직접적인 행동을 하지는 않는다.

이것이 바로 유대교인과 기독교인의 차이점이다. 기독교인과 달리

▶
메주자.

유대인은 그 말을 직접 실천하는 것이다. 특히 메주자를 문설주에 붙이는 것은 신명기 6장 7절에서 9절에 있는 "너희 자녀들에게 잘 가르치되 너희가 집에 앉아 있을 때나 길을 걸을 때나 누울 때나 일어날 때 그들에게 말해주라. 또 너는 그것들을 네 손목에 매고 네 이마에 둘러라. 그것들을 너희 집 문설주와 대문에 적어두라."라고 적혀 있는 것을 그대로 실천하는 것이다.

이 신명기의 말씀이 바로 유대인 자녀 교육의 근간이 되고 있다.

그래서 유대인 부모들이 아이가 3살만 되면 히브리어를 가르치고 가정에서부터 하나님의 말씀을 가르치는 것이다. 특히 누워 있을 때에든지 일어날 때에든지 자녀들에게 강론하라는 말씀에 따라, 유대인 부모들은 아이들이 잠자리에 들기 직전에도 성경을 읽어주고 아침에 눈을 뜨자마자 또다시 성경을 읽어준다. 그러니까 성경을 들으며 잠들고 아침에 눈을 뜨는 것이다. 이처럼 밤낮으로 아이들에게 성경을 들려주는 유대인 부모 밑에서 성장하는 아이들이 어찌 지혜롭지 않을 수 있겠는가? 밤 늦게까지 텔레비전을 보다가 소파에서 잠들고 아침에 뉴스 소리에 눈을 뜨는 우리의 모습과는 전혀 다른 모습이다.

너무나 깨끗한 유대인

예루살렘의 올드 시티에는 아랍인 구역과 유대인 구역이 구분되어 있다. 아랍인 구역은 아주 오래전에 지은 건물들과 좁은 골목이 미로처럼 얽혀 있지만, 유대인 구역은 깨끗한 건물에 골목이 잘 정비되어 있어 유럽의 어느 마을에 온 듯한 착각이 들 정도이다. 골목 입구에 이정표가 붙어 있긴 하지만 굳이 보지 않더라도 아랍인 구역인지 유대인 구역인지 한눈에 분간할 수 있다. 골목과 건물의 청결도가 다르기 때문이다.

아랍인 구역에 가면 골목 여기저기에 쓰레기 더미가 쌓여 있다. 그리고 골목 벽에 갖가지 색깔의 스프레이로 낙서가 되어 있고 심지어는 누군가 불을 지핀 듯한 흔적이 곳곳에 있다. 저녁 무렵이 되면 바닥에 온갖 쓰레기가 어지럽게 널려 있어서 그 골목을 지나려면 쓰레기를 밟지 않을 수 없을 정도이다.

그런데 유대인 구역에는 쓰레기 더미들이 없고 골목의 벽에도 전혀 낙서가 되어 있지 않다. 가정집의 창문에는 크고 작은 화분들이 진열되어 있어서 사진으로 남기고 싶을 만큼 매우 아름답다. 골목의 바닥도 빗

▶
유대인의 집 내부.

물이 잘 흘러갈 수 있도록 가운데 부분이 적당히 파여 있고 각 가정의 대문에도 집주소가 적힌 문패가 예쁘게 장식되어 있다.

집 안에 들어가도 마찬가지이다. 아랍인 가정에 들어가 보면 이렇게 어지럽게 늘어놓고 어찌 살까 싶을 정도로 정리가 되어 있지 않다. 물론 예루살렘의 모든 아랍인 가정이 그렇다는 것은 절대 아니다. 그런데 유대인 가정에 들어가 보면 정갈하기 이를 데 없을 정도로 정리를 잘해놓았다. 소파와 가구들이 적당하게 배치되어 있고 벽에 걸린 그림들이 집 안을 한껏 품위 있어 보이게 한다. 벽에는 성경 구절을 쓴 액자가 걸려 있고, 일곱 개의 촛대인 메노라와 아홉 개의 촛대인 하누카로 집 안을 근사하게 장식해놓았다. 주방은 언제 어떤 손님이 들이닥쳐도 부끄럽지 않을 정도로 씽크대와 식기들은 깔끔하게 정리되어 있어 보는 사람의 기분까지 상쾌해질 정도이다.

왜 이렇게 차이가 나는 걸까? 유대인은 청소를 열심히 하고 잘하기 때문이다. 그들은 일주일에 한 번 있는 안식일 바로 전날 집 안 대청소를 하는 것을 하나의 관례처럼 여기고 있다. 하나님과 만나는 거룩한

날, 안식일… 그 안식일을 청결하고 깨끗하게 맞이하기 위해 대청소를
하는 것이다.

안식일에 사용할 식기는 끓는 물에, 주방 기구들은 불꽃에 그슬려 소
독한다. 옷장 서랍도 정리하고 책상 밑 구석구석까지 빗자루로 먼지를
쓸어낸다. 그리고 온몸을 청결하게 씻어낸다. 주부들도 깨끗하게 머리
를 빗고 옷을 단정히 입는다. 안식일을 청결하게 맞이하기 위해서이다.

14세기경 유럽에서 흑사병이란 전염병이 창궐한 적이 있다. 수많은
유럽인이 흑사병에 걸려 목숨을 잃었지만 청결을 강조했던 유대인은
이 전염병의 물결을 피해갈 수 있었다.

유대인이 이처럼 가정을 깨끗하게 청소하고 정리하는 이유는 가정이
야말로 이 세상에서 가장 소중하고 성결한 장소라고 믿기 때문이다. 그
들은 가정은 아이들을 가르치는 교육의 장소이며 하나님이 만든 이 땅
의 작은 천국이라고 믿는다.

예루살렘에 노래방 기계를 팔자

이스라엘에 있는 유대인 가정에 가면 웬만해서는 텔레비전을 볼 수
없다. 지상의 작은 천국이자 또 다른 성전인 가정은 오로지 가족을 위한
공간이며 교육을 하기 위한 공간이므로 텔레비전을 보면서 시간을 허
비해서는 안 된다고 여기기 때문이다. 세상 돌아가는 소식을 알려면 신
문이나 잡지만으로도 충분하다는 것이다.

신문의 내용도 우리나라처럼 각종 스포츠나 연예 정보는 찾아볼 수
없다. 예루살렘에서 발간되는 〈예루살렘 포스트〉만 보더라도 정치 · 종
교 · 사회 뉴스는 여러 면에 걸쳐서 잘 정리되어 있지만, 연예계의 가십
같은 기사는 찾아볼 수 없다. 수영복을 입은 연예인 사진도 없다. 그저
세상 돌아가는 소식만이 실리는 것이다.

텔레비전 방송작가인 나는 예루살렘에 묵을 때 이스라엘 방송은 어떤지 알고 싶어 텔레비전을 틀어서 본 적이 있다. 우리나라는 공중파 방송을 비롯해 온갖 케이블을 합치면 100여 개나 되는 채널이 있지만 이스라엘의 텔레비전은 채널이 그처럼 다양하지 않다.

물론 위성 안테나를 통해 이스라엘뿐만 아니라 중동 여러 국가에서 송출하는 방송을 보기는 한다. 그중에는 아랍 국가에서 송출하는 방송도 있고 미국의 CNN 같은 방송도 있다. 하지만 이스라엘 방송국에서는 우리나라처럼 가요 프로그램이나 버라이어티 프로그램을 제작하지 않는다. 예능 프로그램의 방송작가인 내가 보기엔 어쩌면 저렇게도 방송이 재미없을까 하는 생각이 들 정도이다.

그리고 이스라엘에 가면 영화관을 보기가 힘들다. 예루살렘의 구석구석을 다니며 찾아보지는 않았지만 번화가인 벤 예후다에 있는 '타임 엘리베이터' 라는 극장 말고는 영화관을 보지 못했다. 그나마 이 극장도 관광객들을 대상으로 예루살렘의 역사를 상영한다.

텔아비브에는 영화관이 있었다. 디젠고프 스퀘어Dizengoff Square라는 동네에 현대식 극장건물이 있는데, 그곳에서는 할리우드에서 인기 있는 최신작들을 상영하고 있었다. 우리나라의 웬만한 큰 도시엔 복합 상영관이 자리 잡고 있지만 예루살렘엔 그런 극장이 없었다. 유대인이 유흥문화와 거리를 멀리하며 산다는 뜻일 것이다.

재미있는 것은 이스라엘에서 노래방 기계가 잘 팔린다는 것이다. 이스라엘에서 많이 팔리는 노래방 기계는 우리나라의 노래방 기계 같은 것이 아니라 가정에서 오디오에 연결해서 사용하는 노래방 기계이다. 그리고 마이크에는 주로 찬송가나 이스라엘 전통 민요가 입력되어 있다.

유대인은 그 마이크를 구입해서 가족과 함께 노래를 부르며 여가를 보낸다. 아버지가 노래를 하면 이어서 아이들이 노래를 하고… 그것이 유대인 부모들이 아이들을 위해 해줄 수 있는 최상의 여가 문화라고 생각하는 것 같다.

이스라엘은 사회나 가정이 모두 건전하다. 돈을 벌고 싶다면 노래방 마이크를 이스라엘에 수출해보는 것은 어떨까?

가정을 지켜라

유대인은 웬만해서는 집에 이방인을 초대하지 않는다. 자녀들이 세속적인 문화에 물들지도 모른다는 염려 때문이다. 같은 유대인끼리의 방문은 상관없지만, 어쩔 수 없이 이방인 손님을 초대해야 할 때 그들은 온갖 신경을 곤두세운다.

이방인 손님이 너무 화려하거나 노출이 심한 옷을 입고 오지는 않을까 걱정한다. 그래서 이방인을 초대할 때는 은근히 어떤 옷을 입고 올 예정인지 물어보면서 화려한 색보다는 검은색이나 흰색의 점잖은 옷을 입고 와달라고 부탁한다.

이방인의 몸에 착용하는 액세서리도 문제가 된다. 십자가 모양의 목걸이나 귀고리를 하고 가서도 안 된다. 그들은 예수의 십자가 사건을 전혀 알지 못하고 알고 싶어 하지도 않으며 또 일부러도 멀리한다. 그리고 유대인 아이들이 십자가 모양의 목걸이를 보고 저게 뭐냐고 물어보면 문제가 심각해지기 때문이다.

그리고 손님이 성의를 보이기 위해 직접 만든 음식을 가져오더라도 유대인은 절대로 고마워하지 않는다. 유대인은 모든 음식을 '코셔'라는 정결음식법에 따라 요리해 먹는데 이방인 손님이 가져온 음식이 코셔에 준해 만들었는지 확인할 길이 없기 때문이다.

그래서 유대인은 웬만해선 이방인의 집을 방문하지 않는다. 특히 아이들을 데리고 남의 집을 방문하는 일은 더더욱 드물다. 그 집에 있는 텔레비전이나 벽에 걸린 포스터, 책꽂이에 꽂혀 있는 잡지를 보고 자녀

148

들이 세속 문화에 물들까 봐 우려하는 것이다. 그리고 이방인의 집에 초
대받아도 준비한 음식을 먹는 경우는 더더욱 있을 수 없는 일이다. 유대
인이 이방인의 집에 방문해서 먹는 것이라고는 간단한 음료수뿐이다.

그래서 이방인이 유대인 가정과 친하게 지내기가 무척 힘들다. 그렇
게 했기 때문에 2000년 동안 세계 각지에 흩어져 살면서도 자신들의 종
교를 철저하게 지켜낼 수 있었던 것이 아닐까?

예루살렘에서 가장 좋은 동네

우리나라에서 가장 좋은 동네는 어디일까? 사람마다 생각이 다르겠
지만 아마도 여러 가지 편의 시설이 잘 갖춰 있는 신도시나 학군이 좋은
동네가 아닐까? 학생이 있는 집이라면 누가 뭐라 해도 좋은 대학에 많이
보내는 중·고등학교가 있는 동네일 것이다. 학생이 없는 가정이라면
산 중턱에 지어진 그림 같은 집에서 한가롭게 살고 싶을지도 모른다. 그
러나 유대인이 생각하는 좋은 동네는 우리와는 개념이 조금 다르다. 유
대인이 가장 살고 싶어 하는 동네는 솔로몬의 성전과 다윗의 도시가 있
었던 예루살렘이다. 그래서 유대인이라면 누구나 예루살렘에 살고 싶
어 하고, 또 예루살렘에 사는 유대인을 부러워한다.

그들이 가장 좋아하는 동네는 집 가까이 유대인의 회당인 시나고그
가 있는 곳이다. 이사를 갈 때는 시나고그가 집에서 얼마나 가까이 있는
지를 먼저 따진다. 안식일에는 운전을 할 수 없으므로 시나고그까지 걸
어가야 하기 때문이다. 시나고그가 가까이 있는 집을 찾기 위한 그들의
노력은 전쟁에 가까울 정도이다.

그다음으로 중요한 것은 종교 서적 전문 서점이 있느냐는 것이다. 유
대인 가정에서는 부모가 자녀에게 책을 많이 읽어준다. 그래서 유대인
가정에는 책이 많고 그들에게 책은 음식 못지않게 중요하다. 그런 책을

집 가까이에서 살 수 있다는 것은 또 하나의 축복이라고 생각한다.

그다음은 집 가까이에 좋은 종교 학교가 있느냐 하는 것이다. 훌륭한 랍비와 좋은 스승들이 아이들을 종교적 테두리 안에서 가르치는 학교가 있는지를 먼저 따지는 것이다.

동네에 시설 좋은 백화점과 대형마트가 있는지, 집을 살 때 투자가치가 얼마나 있는지를 먼저 따지는 우리의 이사 개념과는 확실히 거리가 있는 얘기들이다.

공부하는 군인들

이스라엘 민족의 마지막 항전지인 마사다나 비잔틴 시대의 유적지 카르도, 다윗의 도시와 같은 유적지를 방문하면 생각지도 않은 장면을 자주 목격할 수 있다. 총을 어깨에 대충 둘러멘 군인 20~30명이 옹기종기 모여 앉아 누군가에게 열심히 설명을 듣고 있는 모습이다. 설명을 하는 사람 역시 군인이다.

우리가 생각하는 군인의 모습은 부대 안에서 각종 훈련을 받고 또 경계근무를 서는 것이다. 그런데 유적지를 찾아와 같은 동료 군인에게 설명을 듣고, 또 열심히 수첩에 받아 적는 그들의 모습은 우리에게는 매우 낯선 풍경이다.

설명을 하는 군인은 그들의 상관이거나 동료일 수도 있는데, 그 지역에 대해 열심히 공부했을 것이다. 그런 일은 군인들뿐만 아니라 어린 학생들도 하는데, 한마디로 현장 교육인 셈이다.

군인들이 총검술을 배우고 사격 훈련을 하고 경계 근무를 서는 것도 중요하지만, 도대체 내가 왜 이 나라를 위해 총검술을 배워야 하고 사격 훈련을 해야 하고 경계 근무를 서야 하는지 그 원인과 동기를 아는 것은 더욱 중요한 일이다.

▶
유적지에서 공부하는
군인들.

조상들이 주변의 여러 민족과 맞서 싸우며 국가를 일궈내는 과정에서 발생했던 여러 가지 사건을 현장에서 직접 눈으로 보고, 손으로 만지며 배우는 것은 분명 의미 있는 일이다.

이스라엘 군인들은 일 년에 몇 차례 일정을 잡아 이스라엘 전역에 흩어져 있는 유적지를 찾아 다니며 현장 역사 교육과 정신 교육을 받고 있다.

학생들도 마찬가지이다. 어린 학생들에게 살아 있는 역사 교육을 시키는 것은 매우 중요한 일이다. 교사라면 누구나 이런 교육이 꼭 필요하다고 생각은 하겠지만, 그 생각을 행동으로 옮기는 유대인의 역사 교육 방식이 놀랍지 않을 수 없다.

유대인은 정말로 역사 유적지에 관심이 많을까? 유적지에 대한 설명을 열심히 듣는 사람이 있기나 한 것일까? 하지만 그들의 역사 교육 현장은 진지하기 이를 데 없다. 그들은 잘 들리지 않을까봐 목에 힘을 주면서 큰 소리로 땀흘리며 설명한다. 그리고 한 마디도 놓치지 않으려고 진지하게 설명을 듣는 그들의 모습에서 형식적인 야외 현장 교육이 아나라는 것을 알 수 있다.

나는 이스라엘을 방문할 때마다 그들이 총과 책을 함께 들고 있는 모습을 본다. 그들의 이런 모습이 이스라엘이라는 작은 나라가 주변의 커다란 이슬람 국가들에 맞서 당당하게 자리를 지키고 오늘날 세계에서 영향력을 행사할 수 있게 한 가장 큰 힘이 아닐까.

이스라엘의 학교에서는 하루에 한 번씩 야외 수업을 한다. 하나님이 창조한 아름다운 자연 속으로 들어가 흙의 소중함을 알고 자연의 소중함을 깨우치기 위해서라고 한다.

야외 수업 때는 정해진 형식을 따르는 것이 아니라 각자 하고 싶은 것을 한다. 어떤 학생은 스케치북을 들고 나가 나뭇잎을 그리고, 또 어떤 학생은 노트에 시를 적기도 한다. 어떤 학생은 곤충을 잡아 관찰하고, 어떤 학생은 흙으로 두꺼비집을 지으며 논다. 학교 운동장 한쪽 구석에는 모래가 쌓여 있고 각종 장난감이 놓여 있는데, 우리가 생각하는 완구 회사에서 만든 장난감이 아니다. 각 가정에서 사용하다가 내다놓은 그릇, 가스레인지, 고장 난 자전거이다. 폐품이 된 생활용품을 장난감 삼아 노는 것이다. 자전거 페달을 이용해 발전기를 만들기도 하고, 바퀴를 이용해 새로운 형태의 물레방아를 만들기도 한다. 그야말로 자유 그 자체라고 할 수 있다.

유대인의 이런 야외 학습과 자유로운 교육은 학생들에게 새로운 것을 창작해낼 수 있는 밑바탕을 만들어준다. '너희는 분명히 다른 민족과 달라야 한다. 누구나 똑같은 생각을 하면 안 된다. 이스라엘 민족은 하나님에게 선택받은 민족이다. 이스라엘 민족은 특별한 민족이다. 그래서 다른 민족과는 분명히 구별되게 살아야 한다. 먹는 것과 입는 것, 잠자는 것과 생활하는 것, 생각하는 것도 달라야 한다.'

서로의 생김새가 다르듯이 생각하는 것과 꿈꾸는 것, 만들려고 하는 것이 다 달라야 한다. 이런 교육이 바로 유대인의 자유로운 창작 정신을 키운다. 선생님들은 제각각 취미대로 자연 속에서 놀고 있는 학생들을 유심히 관찰한다.

'저 학생은 그림 그리는 것을 좋아하는구나, 저 학생은 뭔가 만드는 것을 좋아하는구나, 저 학생은 다른 학생들을 잘 돌봐주는구나.'

그런 다음 교사가 그 학생들의 진로와 미래를 안내하는 것이다.

우리의 부모는 '내 아이는 이렇게 자랐으면 좋겠다. 나중에 이런 일을 하는 사람이 되었으면 좋겠다. 내 아이는 피아노를 잘 쳤으면 좋겠다. 내 아이는 바이올린을 잘 켰으면 좋겠다' 라며 자녀들이 자신의 생각대로 자라주기를 바라는 경향이 있다. 그러나 유대인 부모들은 우선 아이들이 뭘 잘하는지를 찾고, 자녀들이 무엇을 잘하는지 스스로 찾아낼 수 있도록 기회를 만들어준다. 그리고 그 길을 가꾸어나도록 도와준다. 이처럼 자유롭고 창의적인 교육을 받기 때문에 오늘날 세계의 각 분야에서 두각을 나타내는 훌륭한 유대인 예술가가 많이 나오는 것이 아닐까?

가장 훌륭한 교사

자녀에게 가장 훌륭한 선생님은 누구일까? 명문대를 나오거나 좋은 대학에 많이 보내는 선생님일까? 유대인이 생각하는 가장 좋은 선생님은 바로 아버지이다.

솔로몬이 쓴 잠언 4장 1절에서 8절에 보면 "자녀들아, 아버지의 가르침을 잘 듣고 주의해 깨달음을 얻으라. 내가 너희에게 좋은 가르침을 줄테니 너희는 내 교훈을 버리지 말라. 나도 어려서는 내 아버지의 아들이었고 내 어머니가 사랑하는 외아들이었는데 그때 내 아버지는 나를 이렇게 가르치셨다. "내가 하는 말을 기억하고 잊지 마라. 내 명령을 지켜라. 그러면 네가 잘살 것이다. 지혜와 깨달음을 얻어라. 내 말을 잊지 말고 내가 하는 말에서 벗어나지 마라. 지혜를 버리지 마라. 그러면 지혜가 너를 보호할 것이다. 지혜를 사랑하여라. 그러면 지혜가 너를 지킬 것이다. 지혜가 무엇보다 중요하니 지혜를 얻어라. 네가 가진 모든 것을 희생하고서라도 깨달음을 얻어라. 지혜를 존경하여라. 그러면 지혜가 너를 높여줄 것이다. 지혜를 붙잡아라. 그러면 지혜가 너를 영광스럽게 할 것이다."라고 적혀 있다. 가정에서 아버지가 자녀들에게 어떤 모습을 보여야 할지를 정확하게 지적한 성경 구절이다.

솔로몬은 어려서부터 아버지에게 가르침을 받았다. 하나님의 자녀로서 어떻게 살아가야 하는지를 교육받은 것이다. 방금 소개한 성경에 나와 있듯이 다윗은 솔로몬에게 7번이나 지혜와 명철을 얻으라고 이야기한다. 뿐만 아니라 다윗은 아들 솔로몬에게 자신이 설계해놓은 성전을 앞으로 어떻게 지어야 하는지를 계속 가르쳤다. 아들 솔로몬의 인생에서 가장 중요하고 꼭 해야 할 일을 사명으로 남겨준 것이다. "네가 앞으로 살아가는 동안 반드시 해야 할 일은 이런 것이다. 그것이 바로 하나님을 위해서 네가 해야 할 일이다" 하고 누누이 설명한다.

유대인은 다윗의 이런 자녀 교육법을 실천하기 위해 노력한다. 아버지는 가정에서 제사장이며 스승이며 거울이다. 자녀들은 어려서부터 아버지에게 히브리어와 성경을 배우고 하나님의 자녀로서 살아가는 모습을 배운다. 그래서 유대인 아버지들은 자녀에게 훌륭한 스승이 되기 위해 모범적인 생활을 한다.

예루살렘의 통곡의 벽 앞에서 본 머리에 키파를 쓴 어린 유대인 자녀와 아버지가 함께 기도를 하고 있는 모습은 한 편의 그림 같았다. 무거워 보이는 토라를 가슴에 안고 있는 유대인 어린아이, 그리고 그 아이를 뒤에서 살며시 끌어안고 통곡의 벽 앞에서 기도를 하고 있는 아버지… 아름답고 부러운 모습이 아닐 수 없다.

7부
유대인의 명절

유대인의 신년

나는 지난해 9월 말 방송 프로그램 촬영 때문에 여러 명의 스태프와 함께 이스라엘을 찾았다. 이스라엘의 주요 관광지를 소개하기도 하고 예루살렘에서 살고 있는 유대인과 아랍인의 모습을 취재하기 위해서였다.

그런데 그곳에서 나는 정말 생각지도 않은 일을 겪어야 했다. 나는 이스라엘을 수십 차례 다녀왔기 때문에 이스라엘의 사정에 대해서는 잘 알고 있다고 생각했다. 안식일을 철두철미하게 지키고 이것저것 까다로운 게 많은 유대인이라는 걸 잘 알았기 때문에 이스라엘 취재는 언제가 좋고 어떻게 취재하는 것이 좋은지를 나름대로 많이 안다고 생각했다.

그런데 정말 생각지도 않았던 일이 벌어진 것이다. 예루살렘의 관공서도 문을 닫았고 웬만한 상점도 모두 닫았다. 자동차를 빌리러 렌터카 회사를 찾아가도 이미 문을 굳게 걸어 잠가버렸다. 대체 무슨 일이 일어났던 걸까?

지난해 9월 30일은 이스라엘 유대인의 달력으로 1월 1일 신년이었고 그 전날인 9월 29일은 신년을 앞둔 연말이었기 때문이다. 유대 달력에 의한 1월 1일을 히브리어로 '로시 하샤나Rosh Hashanah' 라고 한다.

우리가 사용하는 양력인 그레고리안력은 교황 그레고리 8세가 1582

▶
저녁 일몰과 함께 유대인의 새해가 시작되면 각가정에서는 양의 뿔로 만든 '소파' 라는 나팔을 100번 불어 많은 사람들에게 알린다.

년에 공표한 것이다. 생각보다 역사가 그렇게 길지 않다. 유대인은 그레고리안력 이외에 유대 달력을 따로 사용하고 있으며 이 달력에 의해 매년 1월 1일인 로시 하샤나의 날짜가 바뀌는 것이다.

유대인의 1월 1일인 로시 하샤나에 대해 알려면 먼저 유대력에 대해 알아야 한다. 유대력은 우리가 사용하는 그레고리안력, 그러니까 서양력과는 계산법이 다르다. 유대인은 우리처럼 밤 12시가 넘으면 하루가 시작되고 24시간이 지난 다음 날 밤 12시를 넘어야 하루가 지나는 것이 아니다. 유대인의 하루는 해가 지는 일몰부터 시작된다. 그래서 안식일도 금요일 저녁 해가 질 때부터 시작되어 토요일 저녁에 해가 질 때 끝나는 것이다.

그러면 언제부터 일몰이 시작되는 것일까? 해가 바다 밑으로 가라앉는 광경을 볼 수 있는 지역이라면 해가 지는 것을 정확히 알 수 있겠지만, 빌딩숲으로 뒤덮인 도시의 사람들은 정확한 일몰 시각을 어떻게 알 수 있을까?

그래서 이스라엘의 유대인은 라디오를 듣고 신문이나 텔레비전을 유심히 본다. 조간신문의 맨 아래 왼쪽 귀퉁이에 보면 매일매일 각 도시의 일몰 시각이 표기되어 있다. 예를 들어 2008년 9월 29일, 그러니까 로시 하샤나가 시작되는 그날의 일몰 시각을 보면 예루살렘은 오후 5시 51분, 텔아비브는 오후 6시 6분, 이스라엘의 남부 도시인 브엘세바와 에일랏은 오후 6시 8분에 하루가 시작된다고 표기되어 있다. 그리고 9월 30일에 예루살렘은 오후 7시 1분, 텔아비브는 오후 7시 3분, 브엘세바는 오후 7시 3분, 에일랏은 오후 7시 2분에 로시 하샤나의 첫 번째 날이 끝난다고 써 있다.

이처럼 이스라엘의 유대인은 매일매일 신문이나 방송에서 알려주는 시각을 반드시 메모하고 기억해두어야 하는 불편함을 기꺼이 감수고 있다. 그리고 신문이나 방송을 통해서 정확한 시각을 알지 못할 때는 불빛이 없는 야외에서 종이에 써놓은 글씨를 제대로 읽을 수 없는 시점을 일몰 때라고 여긴다. 유대인의 하루는 이렇다.

그리고 우리는 한 달을 30일이나 31일로 계산해서 일 년을 365일 또는 366일로 치지만 유대인은 한 달을 달의 주기를 따라 29일 또는 30일로 계산해서 일 년을 353일 또는 354일과 355일로 친다. 그러면서 19년 동안 3번째 해, 6번째 해, 8번째 해, 11번째 해, 14번째 해, 17번째 해, 19번째 해 이렇게 7번에 걸쳐 윤달 30일을 추가한다. 그래서 윤달이 있는 해에는 일 년이 383일이나 385일이 된다.

 신문에 표시된
로시 하샤나.

조금 복잡하긴 하다. 그래서 이런 식의 날짜 계산은 아무리 유대인이라도 일반인은 절대로 하지 못하고 또 하지도 않는다. 요즘은 인터넷 사이트에 들어가면 매년 그리고 내년과 내후년 달력을 안내하기도 하는데, 전통적으로 날짜 계산만 하는 랍비들이 이런 작업을 해서 매년 새로운 달력을 발표한다. 이스라엘의 유대인은 새롭게 발표되는 유대 달력을 소중하게 여기고 또 그 달력을 보면서 한 해의 명절과 휴일을 손꼽아 기다린다.

유대력 1월 1일인 로시 하샤나에 대해서 좀 더 자세하게 알아보자. 유대인은 하나님이 이 세상을 5일 동안 창조하고 6일째 되는 날 아담과 하와를 창조했는데 그날이 바로 로시 하샤나, 유대력의 티시리Tishri라고 하는 달의 1월 1일이라고 생각한다. 그러니까 인류가 태어난 바로 그날이 새로운 해가 시작되는 날이라고 여기는 것이다. 뿐만 아니라 탈무드에 의하면 아브라함이 아들 이삭을 데리고 모리아 산에 가서 산 재물로 바치려고 했던 그날도 1월 1일이라고 여긴다. 그러니까 로시 하샤나는 단순히 한 해를 시작하는 날뿐만 아니라 하나님이 인류를 창조하고 하나님이 아브라함의 믿음을 확인하고 축복해주신, 매우 의미 있고 중요한 날인 것이다. 우리가 생각하는 새해의 첫날과는 의미가 많이 다르다.

그래서 유대인은 로시 하샤나를 매우 의미 있게 보낸다. 그레고리안 력으로 9월 말이나 10월 초쯤에 해당하는데, 2009년의 시작은 지난해 9월 29일 저녁부터 9월 30일 저녁까지였고, 2010년은 9월 27일부터 28일까지, 그리고 2011년은 9월 8일에서 9일까지 이어진다. 우리의 음력 설날의 날짜가 매년 바뀌는 것과 마찬가지라고 생각하면 된다.

로시 하샤나란 '한 해의 머리'라는 뜻인데, 2009년은 단기로 따지면 4342년이고 유대력으로는 5769년이다. 서양력과는 3760년이 차이 나고 단기와는 1427년이 차이 난다.

로시 하샤나가 시작되는 날, 그날 오전 유대인은 반드시 온 가족이 목욕을 한다. 목욕은 유대인에게 의미 있는 행사이다. 이날 낮에 하는 유대인의 목욕은 지난 일 년 동안 몸에 묻었던 세상의 온갖 더러운 것을 씻어내는 일종의 의식이다. 하나님이 인류를 창조하고 세상을 새롭게 연 날을 깨끗한 몸과 마음으로 맞이하기 위한 종교적인 의무이기도 한다.

그래서 이스라엘의 유적지를 돌아다니면 목욕탕이 유난히 많이 눈에 띈다. 목욕탕의 구조는 로마식이나 터키식과는 다르다. 로마식 목욕탕은 넓고 바닥 밑으로 뜨거운 물이 흘러서 사우나처럼 후끈후끈하고 큰 욕조가 있어서 그 안에 들어가 몸을 씻게 되어 있다. 터키식 목욕탕 역시 넓고 규모가 크다. 그리고 로마식 목욕탕이나 터키식 목욕탕은 일종의 사교의 장소이기도 한다. 여러 사람이 함께 들어가고 그곳에 머무는 시간이 많다 보니 자연히 대화가 많아지고 사람들과 가까워진다.

그러나 유대인이 사용하는 목욕탕은 절대로 사교의 장소가 아니다. 때를 밀어서도 안 되고 비누로 몸을 씻지도 않는다. 규모도 무척 작다. 욕조라고는 하지만 두세 사람이 들어가면 꽉 찰 만큼 좁다. 그곳에 들어가서 마치 세례를 받듯이 가볍게 손으로 몸을 닦아내는 것으로 끝난다.

ROSH HASHANA BEGINS ENDS

Jerusalem	5:51 p.m.	7:01 p.m.
Tel Aviv	6:06 p.m.	7:03 p.m.
Haifa	5:57 p.m.	7:02 p.m.
Beersheba	6:08 p.m.	7:03 p.m.
Eilat	6:08 p.m.	7:02 p.m.

revealed over the weekend b
Defense News, an industr
newsletter.
  The system, which came in
a convoy of 12 transpor
planes and together with
120-member crew, has beer
set up temporarily at th
Nevatim air base in th
Negev and will be moved to
permanent site in the nex
few months.
  The high-powered radar
known as FBX-T, will b
hooked up to the US mili
tary's Joint Tactical Groun
Station and, assisted by satel
lites, will be capable of pick
ing up a ballistic missil
shortly after launch at which
point it can estimate the tim
and location of its impact.
  Those capabilities will cu
the response time of Israel'
Arrow anti missile system

▶ 일몰과 일출 시각을
표기한 일간지
〈예루살렘 포스트〉.

  저녁 일몰과 함께 로시 하샤나가 시작되면 유대인의 각 가정에서 갑자기 요란한 소리가 나기 시작한다. 양의 뿔로 만든 '소파'라는 나팔을 불어대기 때문이다. 소파는 숫양의 뿔로 만들게 되어 있다. 나도 이 뿔 나팔을 불어봤는데 웬만해선 소리가 잘 나지 않는데 유대인은 참 잘도 분다. 그리고 소파를 입에 갖다 대면 냄새가 많이 난다. 양의 뿔을 잘라서 만들어서인지 구린내라고 할까? 비위가 약한 사람이라면 구역질이 날 정도로 냄새가 심하다.

  이 소파는 나직한 소리, 커다란 소리, 그리고 길게 늘어지는 소리 등 다양한 소리를 낸다. 유대인이 로시 하샤나가 시작되는 일몰에 일제히 소파를 불어대는 이유는 이제 새해가 시작되었다는 것을 주변의 많은 사람에게 알려주기 위해서이다.

  유대인은 이 소파를 정확히 100번 부는데 100번 정도는 불어야 주변의 많은 사람이 알아들을 수 있다고 생각하기 때문이다. 그러니 얼마나 시끄러울까? 어떤 사람은 창문 밖을 향해서 불기도 하고 또 어떤 사람은 아예 골목길로 뛰어나와서, 또 어떤 사람은 거리를 질주하면서 불어댄다. 이렇게 해서 새해의 축제가 시작된다. 유대인은 쇼파를 100번씩이나 힘차게 불어댐으로써 인류를 창조한 하나님에게 감사하고 그것을 세상 사람들에게 알린다. 또 아브라함이 하나님에게 자신의 믿음을 확인시키고 이삭을 죽음의 문턱에서 살려낸 기쁨을 전해준다.

레위기 23장 24절에 보면 "이스라엘 자손에게 고하여 이르라. 칠월 곧 그달 일 일로 안식일을 삼을지니 이는 나팔을 불어 기념할 날이요. 성회라"라고 적혀 있다. 그리고 민수기 19장 1절에도 "칠월에 이르러는 그달 초 일 일에 성회로 모이고 아무 노동도 하지 말라. 이는 너희가 나팔을 불 날이니라"라고 적혀 있다. 유대인은 이 구절에 따라 로시 하샤나때 열심히 뿔 나팔을 부는 것이다.

유대인은 뿔 나팔 소리를 들으며 영혼을 일깨워 하나님의 전능하심과 무소 부재하심을 다시 깨닫게 되고, 회개를 하면서 하나님께 자비를 구한다.

유대인 남자 어른과 아이들이 신나게 뿔 나팔을 부는 동안 집 안에 있는 여자아이들과 부인들은 촛불을 밝힌다.

유대인은 로시 하샤나가 시작되면 주로 당도가 높은 과일과 꿀로 만든 음식을 먹는데, 꿀로 만든 케이크나 감자를 잘게 썰어서 꿀에 버무린 과자와 애플 파이를 많이 먹는다. 이렇게 단 음식을 어떻게 먹을까 싶을 정도로 설탕과 꿀이 범벅된 음식을 만들어 먹고, 심지어는 사과를 꿀에 푹 담갔다가 먹는 것이 전통이다. 우리가 설날에 만두나 떡국을 먹는 것과 같다.

유대인이 단 음식과 당도가 높은 과일을 먹는 것은 새해가 꿀처럼 달콤하게 펼쳐지기를 바라기 때문이다. 그래서 로시 하샤나를 앞두고 유대인이 이용하는 재래시장에서는 과일과 꿀이 날개 돋친 듯이 팔려나간다. 일 년 동안 팔리는 꿀이 이때 거의 소비된다고 해도 될 정도라고 한다.

심지어는 로시 하샤나가 시작되는 그 시간이면 이스라엘의 텔레비전

채널 10번에서는 로시 하샤나에 먹을 수 있는 요리법을 알려주는 'Cooking for Rosh Hashanah'라는 프로그램을 방영한다. 이 요리 프로그램은 유대인들 사이에서 꽤 시청률이 높다.

그런 다음 온 가족이 손을 깨끗이 씻은 다음 와인과 빵을 나눠 먹는다. 이런 식의 식사는 로시 하샤나 때뿐만 아니라 안식일 저녁에도 하는데 이것을 '키두시Kiddush'라고 한다.

새해 첫날은 심판의 날

우리나라는 매년 연말이 되면 텔레비전에서 각종 특집 프로그램을 방영한다. 일 년 동안 많은 활동을 하고 대중의 사랑을 받은 연예인들을 위한 시상식이 열리기도 한다. 그래서 연예인들은 각 방송사마다 뛰어다니면서 시상식에 참석하느라 정신이 없다.

신문에서는 지난 일 년 동안 일어났던 각종 사건 사고들 중에 굵직한 것들만 모아서 베스트 텐을 선정하기도 한다. 그런가하면 새해부터 바뀌는 각종 법률과 정책 그리고 세금에 대해서도 자세히 소개한다. 각계 유명 인사들의 새해 소망과 바람을 인터뷰해서 싣기도 한다.

백화점에선 연말연시 특별 바겐세일을 열어 많은 손님을 유치하고, 또 평소보다 훨씬 많은 사람이 백화점을 찾아가서 선물을 구입하기도 한다.

그리고 12월 31일 저녁이 되면 종각에 있는 보신각에서 제야의 종이 울리고, 그것을 구경하기 위해 수많은 사람이 몰려들기도 하면서 그야말로 사회 전체가 들뜬 분위기가 된다.

하지만 유대인의 새해 첫날인 로시 하샤나는 그런 것과는 분위기가 많이 다르다. 유대력으로 시작되는 1월 1일부터 10일 동안에는 하나님이 인류를 심판한다고 생각하기 때문이다. 하나님께서 한 사람 한 사람의 죄를 조목조목 따지는 기간이니 우리처럼 들떠서 쇼핑을 하거나 밤새 거리를 돌아다니면서 폭죽 놀이를 할 수 없는 것이다.

이스라엘에서는 새해 직전인 11시 59분 30초부터 카운트다운에 들어가면서 온 국민이 숫자를 거꾸로 세는 그런 분위기를 즐길 수 없다. 하나님의 심판이 시작되니까 말이다. 그래서 유대인은 로시 하샤나를 심판의 날이라고도 한다.

로시 하샤나가 시작되면 유대인은 자신이 가족과 주변 사람들에게 저지른 잘못을 회개하면서 하나님으로부터 용서를 구한다.

그래서 새해가 되면 우리처럼 "새해 복많이 받으세요. Happy New Year!"라고 인사하지 않는다. 그들은 "당신의 이름이 하나님이 펼치신 생명책에 지워지지 않고 영원히 기록되기를 바랍니다"라고 인사한다. 조금은 분위기가 살벌하기까지 하다.

이렇게 로시 하샤나로부터 9일간 이어지는 회개와 기도의 시간에는 주로 가족을 포함한 주변 사람들에게 지은 죄를 하나님께 고백한다. 그리고 열흘 째 되는 날 드디어 자신이 하나님께 지은 죄를 고백한다. 이 날이 욤 키푸르 데이_{Yom Kippur day}, 우리말로 하면 대속죄일이다. 그러니까 대속죄일은 로시 하샤나로부터 정확히 열흘째 되는 날이다.

이스라엘에 있는 모든 유대인이 로시 하샤나를 회개의 시간으로 보내는 것은 아니다. 로시 하샤나를 손꼽아 기다리는 사람들도 있는데, 주로 외국에서 살다가 이스라엘로 이민 온 유대인이다.

우리나라도 최근 들어 주 5일 근무를 하는 회사가 많은데 이스라엘은 토요일이 안식일이니 금요일도 쉬어야 주 5일 근무가 되는데 금요일에도 근무를 한다. 때문에 외국에서 주 5일 근무를 하다가 이스라엘로 이민 온 사람들은 무척 힘들어 한다. 그런데 로시 하샤나는 이틀을 연속해서 일을 하지 않으니 손꼽아 기다리는 것이다.

이 기간에 가족과 함께 목욕을 한 뒤 키두시를 하거나 회개의 기도를 하기보다는 모처럼 맞은 연휴를 즐기기 위해 바닷가나 공원으로 놀러 가는 사람들도 꽤 많다. 하지만 어쨌든 유대인에게 있어서 로시 하샤나는 종교적으로 의미 있는 날임에 틀림없다.

전 국민이 화해의 대화를 나누다

유대인의 새해 첫날인 로시 하샤나부터 열흘째 되는 날은 하나님 앞에 부끄러운 일을 한 것이나 지은 죄를 고백하고 회개하는 욤 키푸르 데이, 즉 대속죄일이다.

욤 키푸르 데이는 구약성경 레위기 23장 27절과 25장 9절에서 그 유래를 찾을 수 있다.

레위기 23장 27절에 보면 "일곱째 달 열흘날은 속죄일이니 너희는 성회를 열고 스스로 괴롭게 하며 여호와께 화제를 드리고"라고 적혀 있고, 레위기 25장 9절에 보면 "일곱째 달 열흘날은 속죄일이니 너는 뿔 나팔 소리를 내되 전국에서 뿔 나팔을 크게 불지며"라고 적혀 있다.

그리고 탈무드에 의하면 이날은 이스라엘 민족이 이집트에서 나와 광야에서 헤맬 때 금송아지를 만들어놓고 우상 숭배를 하는 등 범죄를 저지르자 모세가 시내산에서 하나님으로부터 받은 십계명을 깨뜨리고 다시 시내산에 올라가 두 번째 십계명을 받은 날이라고 한다.

모세가 첫 번째 십계명을 들고 내려왔을 때 이스라엘 민족이 하나님을 져버리고 금송아지 조각 앞에 엎드려 복을 비는 것을 보고 크게 분노하며 하나님 앞에 모든 죄를 고백하고 회개하라고 외쳤고, 그래서 유대인은 로시 하샤나로부터 10일째 되는 날을 하나님 앞에 지은 죄를 모두 고백하고 회개의 기도를 드리는 날로 삼고 있다. 그리고 이날을 속죄일 중에 속죄일, 안식일 중에 안식일이라고도 한다.

그런데 여기서 한 가지 짚고 넘어가야 할 부분이 있다. 욤 키푸르 데

이를 우리말로 대속죄일이라고 하는데 한자로 큰 대大자를 사용하지 않는다. 여기서 대속이란 대속代贖한다는 의미이다. 나의 죄를 다른 것에 전가하는 것이다. 기독교에선 예수가 십자가에 매달려 죽음으로써 인간의 죄를 대속했다고 믿고 있다. 그러나 유대인은 예수를 메시아로 인정하지 않으므로 자신들의 죄를 예수가 대속해준다고 믿지 않는다.

유대인은 예전 성경시대 때 염소를 대속죄의 제물로 바쳤다. 레위기 16장 20절에서 22절에 보면 "아론은 지성소와 회막과 제단에 대한 속죄 의식을 마친 후에 살아 있는 염소를 끌고 와라. 그는 살아 있는 염소의 머리 위에 두 손을 얹고 이스라엘 백성들의 모든 죄악과 반역과 그들의 모든 죄를 고백함으로써 그것들을 염소의 머리에 얹는 상징적인 의식을 치러야 한다. 그러고 나서 그는 그 염소를 미리 정해둔 사람의 손에 맡겨 광야로 내보내야 한다. 그러면 그 염소는 그들의 모든 죄들을 지고 사람이 살지 않는 땅으로 간다. 이렇게 그는 숫염소를 광야로 내보낸다."라고 적혀 있다. 그리고 돈이 좀 여유 있는 사람들은 염소 대신 숫양을 사용했다. 이것은 아브라함이 이삭을 제물로 바치려 할 때 하나님께서 아브라함을 급히 부르시며 숫양을 대신 바치게 했던 창세기 말씀에 따른 것이다.

그러나 현대의 유대인은 자신들이 지은 죄를 염소나 숫양에 대속하지 않는다. 서기 70년 예루살렘에 있던 성전이 무너져 하나님께 염소나 숫양을 제물로 바칠 제단이 사라지면서 이 같은 대속 행위를 할 수 없었기 때문이다. 그리고 탈무드에 보면 비록 희생 제물을 바치지 않더라도 욤 키푸르 데이 자체가 속죄를 가져온다고 기록되어 있다.

그럼 현대의 유대인은 대속죄일에 어떻게 대속을 할까? 좀 우스운 이야기이지만 요즘은 닭을 이용한다. 예전 유대인은 유목 생활을 했으니 염소를 쉽게 구할 수 있었겠지만 요즘 같은 시대에 염소를 구하기란 쉽지 않고, 염소가 있다고 해도 염소에게 자신의 죄를 전가시키는 행위를

▶
욤 키푸르 데이가 되면 남자는 수탉을, 여자는 암탉을 사용해 대속 예식을 치른다.

하기란 쉽지가 않다.

그래서 생각해낸 것이 바로 닭이다. 욤 키푸르 데이가 되면 남자는 수탉을, 여자는 암탉을 구한다. 그런 다음 닭의 두 다리를 묶고는 하나님께 죄를 고백하는 사람의 머리 위에서 열 바퀴를 돌린다. 이때 죄를 고백하는 사람은 "나를 대신해서 이 닭을 제물로 바칩니다. 이 닭이 나를 대신해 죽을 것이니 건강하고 오래 살게 해주시옵소서"라고 기도한다.

그러나 닭을 구할 수 없는 사람도 많다. 더군다나 가족이 많으면 경제적으로 부담이 될 수 있다. 이럴 때는 닭 대신 돈을 사용하기도 한다. 마찬가지로 돈을 머리 위로 열 바퀴 돌리면서 기도를 한다. "이 돈은 내 손에서 떠나 앞으로 구제를 위해서 사용될 것입니다. 그러니 저의 죄를 사하여 주옵소서"라고 말이다.

해가 지는 일몰 시각부터 욤 키푸르 데이가 시작되면 로시 하샤나 때처럼 큰 소리로 뿔 나팔을 불어댄다. 그리고는 음식을 끊고 음식 근처에도 가지 않는다. 그러나 정 갈증이 나면 물은 한두 컵 정도 마시고, 음식을 먹지 않으면 안 되는 임산부나 환자, 장애인들은 음식을 먹을 수 있도록 특별히 허락한다. 그리고 그 어떤 일도 하지 않는다. 그래서 요즘도 욤 키푸르 데이 때는 예루살렘을 포함한 이스라엘 전체 도시가 마비된 듯, 유령의 도시가 된 듯 인적이 끊긴다. 자동차도 다니지 않고 비행기도 다니지 않는다. 하지만 자전거를 타거나 걷는 것은 상관없다.

이스라엘에 있는 수많은 유대인 중에 정통파가 아니면 율법을 잘 지키지 않는 사람도 있지만 이날만큼은 개혁파 유대인이든 이스라엘로 이민 온 유대인이든 반드시 이 율법을 따른다.

음식도 먹지 않고 그 어떤 노동도 하지 않으며 텔레비전도 보지 않는다. 텔레비전 화면에도 하얀 글씨의 히브리어로 '다같이 기도합시다'라는 자막이 떠 있을 뿐이다. 이렇듯 욤 키푸르 데이에는 오직 기도만 한다.

심지어는 다른 나라에서 전쟁을 일으켜서 공격을 해와도 대항하지 않는다. 유대인의 그런 율법 정신을 잘 알고 있는 주변 아랍 국가들이 이스라엘을 공격한 것이 바로 1973년 10월 6일에 일어난 욤 키푸르 전쟁이다.

욤 키푸르 전쟁

1967년 6월 5일에 발발한 제3차 중동전쟁으로 불리는 6일 전쟁에서 큰 패배를 맛보았던 이집트는 이스라엘에 보복을 하려고 칼을 갈고 있었다. 언제 어떻게 공격해야 강력한 군사력을 가진 이스라엘을 무너뜨릴 수 있을까?

그러다가 생각해낸 것이 바로 유대인이 철저하게 지키고 있는 욤 키푸르 데이였다. 그날엔 이스라엘의 모든 유대인이 집이나 회당에서 기도를 하고 있을 것이고, 이스라엘의 군인 역시 훈련과 경계를 모두 중단한 채 군대의 한쪽에 마련된 회당에서 기도를 한다는 것을 알고 있었던 것이다. 그리고 공격을 받더라도 절대로 총을 쏘거나 대항하지 않을 거라고 확신했다.

공격을 하려는 입장에서 이런 최적기가 또 있을까? 드디어 이집트는 시리아와 요르단과 힘을 합쳐서 전 유대인의 안식일인 1973년 6월 10일 욤 키푸르 데이를 공격 날짜로 잡고 작전을 실행했다.

그날 오후 2시, 예상대로 이스라엘 군인들 대부분은 군대의 회당에서 열심히 기도를 하고 있었고, 경계근무를 서고 있는 군인들도 손에 토라를 든 채 연신 고개를 앞뒤로 흔들며 기도를 하고 있었다. 이때 이집트의 공군 전투기 그리고 적진에서 밀려오는 시리아와 요르단의 요란한 탱크 소리, 사방에서 빗발치듯 쏟아지는 기관총 소리가 이스라엘 전역을 뒤흔들었다. 그러나 이스라엘 군인들은 아무도 대응 사격을 하지 않았다.

총알이 날아오면 날아오는 대로 피하는 수밖에 없었고, 포탄이 떨어지면 떨어지는 대로 그냥 둘 수밖에 없었다. 이스라엘 군인들이 여기저기서 피를 흘리며 쓰러졌고 그러면 그럴수록 토라를 낭독하는 소리와 기도 소리가 더욱 커졌다. 그렇게 해야 진정한 욤 키푸르 데이를 보내는 것이라고 생각했던 것이다. 정말 지독한 율법 정신이 아닐 수 없다.

결국 이날 하루에 수만 명의 이스라엘 군인이 목숨을 잃었다. 예상대로 이집트와 시리아의 군대는 하루 만에 많은 지역을 점령했고 이스라엘 군대는 퇴각을 거듭했다. 이집트와 시리아는 이날 전투에서 확실하게 기선을 제압했다. 하지만 이들의 승승장구는 오래가지 못했다.

욤 키푸르 데이가 끝나는 일몰 시각 이후, 그동안 속수무책으로 당하기만 한 이스라엘이 하나님께 속죄하는 시간에 공격을 감행한 적군들에 대한 분노가 더해져 거침없이 반격해나갔다. 이 전쟁은 과연 어떻게 되었을까? 이스라엘의 승리로 돌아갔다. 이 전쟁을 제4차 중동전쟁이라고 한다.

세 가지 종류의 인간

욤 키푸르 데이가 시작된 날 저녁을 보내고 그 다음 날 아침 날이 밝으면 유대인은 일제히 회당으로 몰려가서 해가 질 때까지 기도를 한다. 그들은 이때 드리는 기도를 하나님이 특별히 잘 들어주신다고 믿고 있다.

재미있는 이야기를 하나 소개하면, 유대인은 신년에 하나님이 죄를 심판하실 때 인간을 크게 세 부류로 나눈다고 믿고 있다.

첫 번째는 도저히 용서받을 수 없는 악한 일을 행한 자, 그리고 하나님도 인정할 만큼 율법과 계명을 잘 따르고 거룩하게 살아온 자, 그리고 나머지 한 부류는 이것도 저것도 아니면서 어정쩡하게 살아온 자이다.

그리고 신년 첫날에는 악한 자와 거룩하게 살아온 자를 확실하게 심판하고, 중간 부류의 어정쩡한 사람들은 잠시 심판을 보류하고 열흘 뒤인 욤 키푸르 데이 때 심판한다는 것이다. 하지만 제아무리 율법대로 살아온 사람이라 할지라도 첫 번째 심판의 날에 하나님에게 거룩하게 살아온 자라고 인정받는다고 자신할 수는 없을 것이다. 그래서 대부분의 유대인이 자기 자신은 악한 자와 거룩한 자 사이에서 어정쩡한 삶을 살아온 자라고 생각한다.

그래서 로시 하샤나부터 욤 키푸르 데이 사이의 9일 동안 열심히 가족과 주변 사람, 친구들을 찾아다니면서 그간의 껄끄러웠던 관계를 청산하고 욤 키푸르 데이 때 하나님에게 용서를 구하는 것이다.

논쟁이 있었다면 마무리 짓고 얼굴을 붉힐 만큼 불편한 일도 모두 마무리 짓는다. 그리고 누군가 나에게 용서를 구한다고 말하면 모두 용서해주면서 꼬였던 감정의 실들을 모두 풀어낸다. 고백과 용서의 시간이 이어지는 것이다. 탈무드에 같은 인간에게 용서받지 못한 자는 하나님께도 용서받을 수 없다고 기록되어 있기 때문이다.

이렇게 이스라엘의 유대인은 9일 동안 회개와 용서의 시간 그리고 화해의 시간을 갖는다. 수천 년 동안 반복되는 회개와 용서, 화해로 시작되는 신년을 전통적으로 지키고 있는 대속죄일의 풍습과 문화는 작은 일에도 쉽게 분노하고 용서하지 못하며, 자신의 실수와 죄를 인정하지 않는 다른 민족에게 많은 것을 깨닫게 한다.

욤 키푸르 데이는 일몰 시각이 되면 여기저기서 우렁차게 울려 퍼지는 뿔 나팔 소리와 함께 끝이 난다. 유대인은 이때부터 비로소 온 가족이 모여 앉아 식사를 한다. 그로부터 5일 뒤 유대인은 또 다른 절기를 맞이하는데, 바로 '수코트'라고 하는 초막절이다.

초막절

욤 키푸르 데이가 끝나고 5일 후가 되면 8일간 예루살렘을 비롯한 이스라엘 곳곳에선 전 세계 다른 나라에서는 볼 수 없는 진기한 일들이 벌어진다. 복잡한 도심에는 물론이고 각 가정엔 종려나무 가지로 지붕을 만든 간단한 천막이 설치된다. 이것을 초막, 히브리어로는 수카Sukka라고 한다. 그리고 이 초막을 치고 있는 8일 동안을 초막절, 히브리어로는 수코트Sukkot라고 한다. 수코트는 수카의 복수형이다.

먼저 거리 곳곳과 각 가정에 설치되는 초막에 대해서 알아보자.

예루살렘의 신시가지 거리에는 우리나라의 번화가처럼 높은 빌딩이 있고 자동차 판매 전시장이나 간단한 패스트푸드를 판매하는 가게, 그리고 스타벅스나 커피빈 같은 커피전문점이 즐비하다. 그런데 이런 거리에도 초막절이 시작되면 곳곳에 초막이 설치된다.

한두 평의 작은 규모인데 네 개의 기둥을 세운 다음에 그 주변으로 비닐 천막을 두른다. 천막에는 성경에 기록된 갖가지 역사적 사건이 담긴 여러 가지 그림을 장식한다. 모세가 시내산에서 십계명을 받는 장면이나 요셉이 들판에서 꿈에 본 하늘로 올라가는 사다리를 묘사한 장면, 또는 예루살렘의 올드 시티를 감싸고 있는 여러 개의 성벽 문을 예쁘게

그려넣는다.

　그리고 지붕에는 종려나무 가지를 얼기설기 대충 올려놓는데 이유는 천막 안에 들어가서도 밤하늘의 별이 보여야 하고, 비가 오면 빗물이 안으로 흘러들어와야 하기 때문이다.

　이런 초막은 각 가정에도 어김없이 설치된다. 앞마당이 있는 가정은 앞마당에 설치하고, 넓은 베란다가 있는 집은 베란다에 설치한다. 그러면 베란다가 작은 집이나 아예 그런 공간이 없는 현대식 아파트에 사는 사람들은 과연 어디에 초막을 설치할까? 신기하게도 이스라엘의 아파트에는 대개가 초막절에 초막을 설치할 수 있도록 아파트의 각 가정마다 넓은 앞마당이 있다. 5층이 될 수도 있고 10층이 될 수도 있는 아파트에 어떻게 앞마당이 있을까?

　이스라엘의 아파트는 대개가 계단식으로 되어 있다. 평지가 별로 없는 나라여서 아파트 역시 언덕에 짓기 때문에 1층은 앞마당에 초막을 치고 그 위층의 세대는 아래층의 지붕을 넓은 마당으로 사용할 수 있는 것이다.

　초막은 아버지와 아이들이 함께 만드는데 아버지가 아이들에게 초막을 만드는 이유와 초막 안에서 어떤 일을 해야 하는지를 설명해준다. 초막이 완성되면 초막 안에서 저녁식사를 하거나 아이들이 잠을 자기도 한다.

대속죄일이 하나님께 죄를 고백하고 용서를 비는 엄숙하고 비장한 날이라면, 초막절은 온 가족이 초막 안에서 음식을 먹으며 즐거운 시간을 보내는 축제라고 할 수 있다.

그렇다면 이스라엘의 유대인은 왜 초막절을 8일씩이나 보내는 것일까? 레위기 23장 34절에 보면 "너는 이스라엘 백성들에게 이렇게 말하여라. '일곱째 달 15일부터 7일 동안 여호와의 장막의 축제가 개최될 것이다." 그리고 레위기 23장 41절에서 43절에 보면 "너희는 해마다 7일 동안 여호와의 축제를 지켜야 한다. 이것은 너희가 대대로 지켜야 할 영원한 규례다. 너희는 그 절기를 일곱째 달에 지키라. 너희는 7일 동안 초막에서 지내야 한다. 이스라엘에 거하는 모든 본토 사람들은 모두가 초막에서 지내야 한다. 그래야 너희 자손들이 내가 이스라엘 백성들을 이집트에서 인도해낼 때 그들을 초막에서 지내도록 했다는 것을 알게 될 것이다."라는 구절이 있다.

이스라엘 민족은 기원전 1876년경에 가나안 땅에 심한 기근이 들어 이집트로 집단 이주를 하는데, 그곳에서 불공평한 대우를 받자 이집트로 간 지 400여 년 만에 다시 이스라엘로 돌아오게 된다. 그러나 걸어서 한 달이면 돌아올 거리를 40년 동안 광야에서 헤매며 길을 찾지 못한 이스라엘 백성은 광야에서 초막을 짓고 지내야 했다.

그러니까 현재 이스라엘 유대인이 짓는 초막은 자신들의 조상이 400여 년 동안 노예 생활을 하던 이집트를 탈출해서 본국으로 돌아오는 과정에서 지었던 초막을 본뜬 것이고, 초막절은 유대인이 이집트에서 탈출한 것을 기념하는 행사인 것이다.

자신의 조상들이 노예 생활을 하다가 본국으로 돌아온 것은 유대인에겐 매우 기쁘고 축하할 일이다. 더군다나 초막은 하나님의 성전을 의미하므로 그동안 이집트의 바로왕 밑에서 살다가 비로소 하나님의 성전인 초막 안에서 생활하게 되었으니 그 기쁨이야 이루 말할 수 없는 것이다.

유대인은 그것을 기념하려고 레위기의 말씀에 따라 이 초막절을 지키는 것이다. 초막절 기간은 주로 가을인데, 유대인의 신년인 로시 하샤나가 서양력으로 9월 말에서 10월 초쯤 되고 그로부터 10일 뒤가 대속죄일, 그로부터 5일 뒤가 초막절의 시작이니까 대충 11월 전이 된다.

이때쯤이면 이스라엘도 우리나라처럼 추수가 시작되고 여름 내내 뜨거운 태양빛을 받으며 튼실하게 익어간 각종 과일을 수확한다. 그래서 초막절은 추수 감사의 의미도 함께 갖게 되어 다른 이름으로 '수장절收藏絕'이라고도 한다. 수장절이란 곡식을 수확하고 저장하는 절기라는 뜻이다.

한바탕 대청소

초막절을 앞둔 5일 동안 이스라엘 전역은 초막을 짓기 위해 한바탕 대소동이 벌어진다. 요즘은 슈퍼마켓 같은 대형 가게에서 초막을 조립식으로 간단하게 지을 수 있는 재료를 판다.

탈무드에 의하면 유대인은 7일 동안 수카 안에서 먹고 자며 생활해야 한다. 하지만 이스라엘의 가을 날씨가 만만치 않아 허름한 초막 안에서 7일 동안 먹고 잔다는 것이 쉬운 일은 아니다. 그래서 날씨가 몹시

176

춥거나 비가 오는 등 도저히 초막 안에서 잘 수 없는 날이나 몸이 아픈 날은 초막에서 식사만 하는 경우도 많다.

초막을 설치하고 나면 테이블과 의자를 갖다놓는다. 그리고 예배를 드리기 위해서는 네 가지 물건이 필요하다. 이 네 가지 물건을 히브리어로 '아르바 미님'이라고 한다. 우선 에트로그Etrog라고 하는 금감귤류의 과일이 필요하다. 겉으로 보기엔 약간 길쭉한 오렌지 같은 이 과일은 크기가 계란보다 큰 것을 사용해야 하고 특히 흠이 없어야 한다. 그래서 초막절을 앞두고 예루살렘의 재래시장에선 커다란 돋보기를 들고 에트로그의 표면을 조사하는 유대인들을 심심찮게 볼 수 있는데 그런 유대인들의 모습이 때로는 극성스러워 보이기도 한다.

그리고 또 한 가지는 종려나무 가지이다. 종려나무는 대추야자를 가리키는데 히브리어로 '룰라브Lulav'라고 한다. 이 종려나무 가지는 아주 특이한 성질을 갖고 있는데 일종의 불사조 같은 나무라고 할 수 있다. 종려나무는 도끼로 찍거나 톱으로 썰어서 잘라내도 밑동에선 또다시 싹이 난다. 그리고 잘려나간 나무에서도 싹이 난다. 그래서 이스라엘 사람들은 종려나무를 생명과 부활의 상징으로 여긴다. 나무 한그루 없는 광야에서도 종려나무를 발견한 곳 주변엔 반드시 오아시스가 있다. 종려나무가 생명수나 다름없는 것이다. 그래서 고대에 사용된 이스라엘의 동전에서도 종려나무가 새겨진 것을 볼 수 있고 현재 이스라엘의 국화도 종려나무이다. 또 예수가 예루살렘에 입성할 때 백성들이 종려나무를 흔들며 환영하기도 했다. 초막절을 앞두고 이스라엘의 종교단체나 시청에선 종려나무를 나눠주는 행사를 벌이기도 한다.

세 번째로 준비해야 하는 것은 '하다심Hadasim'이라는 도금양과에 속하는 떨기나무 가지이다. 이 나무는 키가 약 4미터인 제법 큰 나무인데 히말라야에서는 산불을 막는 나무로 쓰인다. 일 년에 한 번씩 지름이 약 2센티미터인 담홍색 꽃을 피우는데, 향기가 진하고 좋아서 열대지방에서는 관상수로 많이 사용된다.

꽃이 무척 아름다워 유럽에서는 결혼식 때 꽃다발로 많이 사용하고 열매는 파이나 잼, 샐러드를 만들어 먹는다. 그리고 다 자란 나무는 지팡이나 가구, 농기구의 재료 등 여러모로 유용하게 사용된다.

그리고 마지막으로 필요한 것은 '아라보트Aravot'라고 하는 버드나무 가지이다.

이 네 가지 물건에는 각각 의미가 있는데, 에트로그는 맛과 향기가 좋아서 토라를 배워 지혜가 많은 사람을 뜻하고, 종려나무 가지는 먹을 수는 있지만 향기가 약해 지혜와 지식은 있지만 제대로 실천하지 않는 사람을 뜻한다고 한다. 그리고 떨기나무 가지는 토라에 대한 지식이나 지혜는 없지만 하나님의 말씀을 실천하는 사람을 뜻하고, 버드나무 가지는 향도 없고 열매도 없어서 지혜와 지식도 없고 하나님의 말씀을 실천하지 않는 사람을 뜻한다고 한다.

유대인은 초막 안에 들어가서 이 나뭇가지 묶음을 손에 들고 동서남북과 위아래의 여섯 군데를 향해 흔들어댄다. 하나님이 동서남북과 위아래의 여섯 군데에 모두 계신다고 믿기 때문이다. 이들이 초막 안에서 주로 읽는 성경 말씀은 룻기서이다.

초막절의 첫째 날과 둘째 날 그리고 마지막 8일째 되는 날은 휴일이라서 아이들은 학교에 가지 않고 어른들은 직장에 가지 않는다. 3일째부터 7일째까지는 직장에도 가고 학교에도 가는데, 일찍 일과를 마감하고 집으로 돌아와 초막 안으로 들어간다.

이 기간에는 예루살렘과 주요 도시에서 갖가지 축제와 행사가 벌어진다. 커다란 천막 안에서 악기를 연주하며 음식을 나눠 먹기도 하고 곳곳에 자그마하게 만든 초막을 전시하기도 한다.

좀 아이러니한 것은 이 초막절 기간이 이슬람교도의 라마단 기간과 맞물릴 때가 많다는 것이다. 그래서 이스라엘의 한쪽에선 이슬람교도들이 금식을 하며 경건한 삶을 살고 있고, 또 한쪽에선 유대교도들이 초막 안에서 음식을 나누며 잔치를 벌이는 상반된 모습을 보인다.

초막절의 마지막 날에는 거의 모든 유대인이 악기를 연주하고 춤을 춘다. 특히 이날은 토라를 보관함에서 꺼내 손에 들고 시나고그 주변을 돌며 손뼉을 치면서 노래를 부르기도 한다. 이를 '심핫트 토라' 우리말로 '토라의 기쁨' 이라는 뜻이다.

부림절

매년 2월 말이나 3월 초가 되면 이스라엘은 한바탕 대소동이 일어난다. 서양력으로 9월과 10월을 '티슈리월' 이라고 하는 것처럼 유대인은 2월과 3월을 '아달월' 이라고 한다. 이 아달월의 13일에 대소동이 일어난다. 미국에 할로윈데이가 있듯이 이스라엘에는 부림절이 있기 때문이다.

이스라엘의 부림절을 미국의 할로윈데이와 비교하는 이유는 이렇다. 이날은 이스라엘의 도시 곳곳에서 가장행렬이 벌어지는데 어린이와 어른이 모두 참여한다. 아이들은 모든 방법을 동원해서 갖가지 모습으로 변장을 한다. 얼굴에 하얀 수염을 붙이고 랍비 의상을 입고 돌아다니는 아이, 형형색색의 옷을 입은 아이, 도깨비 뿔을 머리에 단 아이, 피에로 의상을 입은 아이도 있다.

또 해적 선장처럼 검은 털을 얼굴 전체에 붙이고 애꾸눈을 한 아이도 있고, 커다란 빨간 모자를 머리에 쓴 고적대 복장을 한 아이, 테러리스트처럼 얼룩무늬 군복을 입고 복면을 하고 돌아다니는 아이도 있다.

여자 아이들은 하얀색 드레스를 입기도 하고, 천사의 날개를 등 뒤에 달고 마법의 지팡이를 들고 다니기도 한다. 그리고 미국의 헤비메탈 그룹 멤버처럼 반짝이는 머리카락을 길게 늘어뜨리고 가죽 옷을 입고 돌아다니는 아이도 있다.

어른들의 가장행렬은 더욱 가관이다. 엄격한 율법을 지키며 사는 유대인일지라도 이날만큼은 여자가 남자 옷을 입어도 되고 남자가 여자 옷을 입어도 된다. 그래서 어떤 남자는 짧은 치마에 등이 훤히 드러나는 드레스에 높은 하이힐을 신고, 여자들은 콧수염을 붙이고 검은 뿔테 안경을 쓰고 돌아다닌다.

또 어떤 사람들은 장난감 뿅망치를 들고 다니면서 거리에서 만난 낯선 사람의 머리를 내려친다. 아프지 않게 살짝 때리기는 하지만 처음 보는 사람이 머리를 때린다면 싸움이 일어날 수도 있다. 하지만 유대인은 한결같이 기분 좋게 웃어준다.

어떤 사람은 고무 야구방망이를 휘두르기도 한다. 지나가는 사람의 엉덩이를 향해 야구방망이를 휘두르면 또 한바탕 웃음이 터진다. 도시 곳곳에서, 골목 곳곳에서 웃음소리와 장난감 소리가 끊이지 않는다. 축제가 벌어지는 것이다.

이날이 바로 이스라엘의 최대 명절 중 하나인 부림절이다. 그러면 부림절은 어떤 일을 기념하는 절기일까? 그것은 구약성경의 에스더에 자세히 기록되어 있다.

▶
부림절에는 갖가지 모습으로 변장을 하고 다니는데, 심지어 남자가 여자 옷을 입고 다니기도 한다.

에스더의 지혜

이스라엘은 솔로몬왕이 죽고 나서 남유대와 북이스라엘의 두 나라로 나누어진다. 이후 북이스라엘 왕국은 기원전 721년에 앗시리아에 의해 멸망하고 남유대는 기원전 539년에 바벨론의 느브갓네살Nebuchadnezzar 왕에 의해 멸망하여 백성들은 모두 세 차례에 걸쳐 포로가 되어 바벨론으로 끌려가게 된다. 바벨론은 오늘날 이라크의 서부 도시로 메소포타미아 강과 유프라테스 강 사이에 있는 고대 도시였다.

느브갓네살 왕은 유대인 포로들의 종교와 인권을 보장해주지 않았

다. 그래서 바벨론에서 유대인의 삶은 비참하기 이를 데 없었다. 그런데 기원전 539년 이웃 국가 페르시아가 바벨론을 침공해서 함락한다. 이때의 페르시아 왕이 그 유명한 고레스Cyrus 왕이다.

고레스 왕은 유대인 포로들의 종교를 인정해주었고 마침내 스룹바벨Zerubbabel을 앞세워 유대인 포로들을 고향 땅으로 돌려보낸다. 바벨론으로 끌려온 지 50년 만의 일이다. 그런데 이때 유대인이 모두 이스라엘 땅으로 돌아가지 않고 일부가 그곳에 남았다.

이후 페르시아 왕국에선 고레스 왕이 죽고 그의 아들 캄비세스 2세가 왕이 되었다. 그리고 나서 다리우스 왕이 집권하고 그 뒤에 왕권을 잡은 사람이 구약성경 에스더에 등장하는 아하수에로Ahasuerus 왕이다.

아하수에로 왕에게는 와스디Vashti라고 하는 무척 아름다운 왕비가 있었는데 자신이 점령한 지역의 방백 대표들에게 왕비의 미모를 자랑하고 싶었다. 그래서 왕비에게 여러 사람이 모인 자리에 참석하라고 명령했는데, 이 왕비도 성격이 보통 까칠한 사람이 아니었다. 왕의 명령을 한마디로 거절했고 그 결과 왕비의 자리를 빼앗기게 되었다.

왕비의 자리가 비자 아하수에로 왕은 왕비를 새로 뽑기로 했는데 조건은 오로지 아름다운 외모였다. 그래서 전국에 있는 미인들을 모두 한 자리에 모아놓고 그중 가장 아름다운 여인을 뽑아 왕비로 삼기로 했다.

이때 뽑혀 새 왕비가 된 여인이 바로 에스더이다. 유대인인 에스더는 부모님이 일찍 돌아가셔서 사촌 모르드개Mordcai와 함께 살고 있었는데, 신분을 밝히지 않고 미인 대회에 나갔다가 왕비로 간택된 것이다.

그런데 에스더가 왕의 눈에 확 들게 되는 사건이 생긴다. 에스더의 사촌 모르드개가 우연히 아하수에로 왕의 암살 계획을 알게 되었고 이 사실을 에스더에게 이야기해준다. 에스더는 곧바로 아하수에로 왕에게 이 사실을 알려주면서 이 모든 정보는 모르드개로부터 나왔다고 이야기한다. 덕분에 왕은 목숨을 건질 수 있었고 음모를 꾸몄던 사람들은 모두 체포돼서 처형을 받게 된다. 그리고 모르드개는 아하수에로 왕의 절대적인 신임을 받게 된다.

그 당시 하만Haman이라는 자가 아하수에로 왕 밑에서 총리로 있었는데 그의 거만함이 하늘을 찔렀던 것 같다. 모든 사람이 자기에게 머리를 조아리는데 유독 모르드개만이 고개를 숙이지 않았다. 하만에게는 그런 모르드개가 눈엣가시 같은 존재였다. 그래서 모르드개에 대해 철저하게 조사했고, 이미 오래전에 바벨론 땅을 떠났어야 했을 유대인이라는 사실을 알아냈다. 이때부터 하만은 모르드개를 포함해 바벨론 지역에 남아 있는 유대인을 모두 처형할 음모를 꾸미기 시작했다. 그리고 주사위를 던져 처형의 날을 잡았는데 그날이 바로 아달월 13일이었다.

이때 사용된 주사위를 히브리어로 '푸르Pur'라고 한다. 부림절Purim의 어원이 바로 이 푸르이다. 그래서 바벨론에 남아 있는 모든 유대인이 한날한시에 처형될 위기에 놓이게 된다. 사태가 점점 심각해지자 모르드개가 에스더를 찾아가 상황을 설명한다. 그러자 에스더는 모든 일을 자신에게 맡기라고 모르드개를 안심시키면서 바벨론 지역에 남아 있는 모든 유대인에게 3일 동안 아무것도 먹지 말고 하나님께 기도할 것을 부탁한다. 물론 자신도 3일 동안 금식하며 기도하겠다고 약속한다.

그리고 에스더는 아하수에로 왕을 찾아간다. 당시에는 왕이 부르지 않았는데 찾아가면 반역이나 항명 같은 중죄에 해당했지만 아하수에로 왕이 에스더를 무척 사랑했기에 반갑게 맞이한다.

왕이 물었다.

"무엇 때문에 나를 찾아왔느냐? 무슨 부탁이라도 있느냐?"

에스더는 왕과 하만을 위해 만찬을 베풀 테니 꼭 참석해줄 것을 부탁한다. 그리고 예정대로 왕과 하만이 만찬에 참석하게 된다.

그 만찬 자리에서 왕이 에스더에게 또 물었다.

"내게 부탁할 것이 무엇이냐?"

그러자 에스더는 "다음 날 한번 더 만찬을 베풀 테니 참석해주시면 그 자리에서 왕께 간청을 드리겠습니다"라고 대답한다.

첫 번째 날 만찬을 마친 하만은 기분이 무척 좋았다. 왕과 왕비가 베푸는 만찬에 오직 자신만이 참석했으니 얼마나 우쭐한 기분이었을까?

두둑한 배를 두드리며 왕궁을 나가던 하만이 모르드개를 만났다. 그런데 모르드개가 여전히 자기에게 고개 숙여 절하지 않자 하만의 속이 부글부글 끓기 시작했다. 왕과 단둘이 만찬에 참석할 정도로 권세가 높은 자신을 알아보지 못하고 건방지게 고개를 숙이지 않다니…. 하만은 모르드개를 매달아 죽이기 위해 교수대를 만들라고 명령한다.

그날 밤 아하수에로 왕은 어쩐 일인지 잠이 오지 않았다. 그래서 신하에게 궁중의 기록물들을 가져오라고 해서 밤새도록 읽어 내려갔다. 그런데 그 기록물 중에 얼마 전 자신을 암살하려던 계획을 미리 알고 주모자들을 처형했던 부분을 다시 읽게 된다.

자신을 암살에서 벗어나게 해준 인물이 모르드개라는 사실도 새삼 기억해내게 된다. 왕은 날이 밝자마자 담당자들을 불러 물어본 결과 당시 모르드개에게 아무런 포상을 하지 않았다는 것을 알게 된다.

바로 그때 하만이 왕을 찾아온다. 모르드개를 교수형에 처하기 위해 허락을 받으러 찾아온 것이다. 그러나 왕은 하만에게 다른 이야기를 한다.

자신의 목숨을 구하고 이 나라를 위해 충성을 다한 사람에게 상을 주고 싶은데 어떤 상이 좋은지를 물은 것이다. 그러자 하만은 그 사람이 자기인 줄 착각하고 아주 근사한 상을 줄 것을 제안한다.

왕의 옷을 입히고 왕의 말을 태워 성안을 돌아다니면서 '왕에게 상을 받는 사람은 이렇게 된다'라고 크게 외쳐서 알려야 된다고 한 것이다.

그러자 왕은 아주 좋은 생각이라고 하면서 그 상을 모르드개에게 내리라고 명령한다. 하만은 깜짝 놀라 그 자리에 털썩 주저앉을 뻔했지만 왕의 명령을 어길 수는 없었다.

하만은 울며 겨자 먹기로 모르드개를 불러 왕의 옷을 입히고 왕의 말에 태워 성안을 돌아다니며 '왕의 상을 받은 사람은 이렇게 된다'라고 외쳤다.

그날 오후 드디어 에스더가 준비한 만찬이 베풀어졌고 그 자리에는 아하수에로 왕과 하만이 참석했다.

왕이 에스더에게 물었다.

"그대가 내게 하고자 했던 간청이 무엇이오?"

그러자 에스더가 대답을 한다.

"왕이시여 저를 죽이려 하는 자가 있습니다. 저뿐만 아니라 유대 민족을 모두 몰살하려는 자가 있습니다."

그러자 왕이 깜짝 놀라면서 되물었다.

"도대체 그런 악독한 짓을 저지르려는 자가 누구냐?"

에스더는 단호하게 말한다. 바로 하만이라고….

그러자 너무나 화가 난 왕이 자리에서 뛰쳐나가고 놀란 하만은 에스더의 옷을 잡고 살려달라고 애원을 한다. 에스더는 울며 불며 매달리는 하만을 피해 자신의 방으로 가지만 하만은 그곳까지 찾아와 에스더의 옷을 붙잡고 늘어졌다. 바로 그때 분을 삭이지 못하고 밖으로 뛰쳐나갔던 왕이 에스더의 방으로 들어왔고, 에스더의 옷을 붙잡고 늘어지고 있는 하만을 발견하게 된다. 왕은 하만이 사랑하는 왕비 에스더를 겁탈하려 한다고 오해를 하게 된다. 왕은 하늘을 찌를 만큼 분노하며 명령했다.

"저놈을 당장 죽여라. 저놈이 죽이려고 했던 모르드개의 교수대에 하만을 매달아 죽여라." 하만은 그렇게 목숨이 끊어졌다.

그리고 왕은 모르드개에게 바벨론에 있는 모든 유대인을 죽이려고 했던 자들과 그의 가족을 마음대로 죽이도록 허락해주었다. 유대 민족이 하만에 의해 모두 죽을 뻔했는데 에스더의 지혜로 무사히 살아남을 수 있었던 것이다. 부림절은 바로 그날을 기념하는 날이다. 이 모든 이야기는 구약성경 에스더서에 자세히 기록되어 있다.

부림절을 앞둔 안식일이 되면 유대인은 신명기 25장 17절에서 19절을 읽는다.

"네가 이집트를 나올 때 아말렉 사람들이 네게 어떻게 했는지 기억해보아라. 네가 지쳐 피곤했을 때 그들이 길 가다가 너희를 만나서 뒤쳐져 있는 자들을 치지 않았느냐? 그들은 하나님을 두려워하지 않았다. 네 하나님 여호와께서 네게 기업으로 주시는 그 땅에서 네 하나님 여호와께서 네 주변의 모든 원수들로부터 벗어나 네게 안식을 주실 때 너는 하늘 아래에서 아말렉을 기억하는 일조차 없도록 그들을 모조리 없애버려라. 잊지 마라!"

부림절을 앞두고 이 성경 구절을 읽는 것은 하만이 바로 아말렉 Amalekites의 왕 아각Agag의 후손이기 때문이다. 그 옛날 이스라엘 백성이 이집트를 탈출해서 가나안 땅으로 돌아오려고 할 때 아말렉 족속들이 그렇게도 괴롭혔는데, 그 후 수백 년이 흐른 뒤 포로를 끌려간 바벨론에서조차도 아말렉의 왕 아각의 후손인 하만이 또다시 유대인을 몰살시

◀
그래거.

키려 했던 그 악행을 잊지 말고 기억하자는 것이다.

유대인은 부림절이 되면 회당에서 에스더서를 읽는데, 하만이라는 단어가 나오면 손에 쥔 그래거Gragger라는 작은 나무 기구를 돌린다. 그래거는 손잡이를 잡고 흔들면 따다다다 하는 소리가 아주 시끄럽게 난다. 에스더서에는 하만이라는 단어가 수십 번 나온다. 그런데 읽기는 하지만 듣기가 싫으니 차라리 기구 소리에 파묻히게 하려는 것이다. 유대인이 하만을 얼마나 싫어하는지 짐작이 되고도 남는다.

부림절은 민족의 초상이 날 뻔했던 날이 기쁨의 날로 변한 날이다. 그래서 이날엔 음식을 만들어 서로 나누어 먹으며 가난한 사람들에게 돈도 나누어준다. 그리고 과일을 넣은 삼각형 모양의 과자를 먹는데 이 과자를 '하만의 귀'라고 한다. 하만의 귀를 아드득아드득 씹어 먹는다는 의미이다.

또 각종 가면을 쓰고 거리로 나가 행진을 하거나 삼삼오오 모여 춤을 추고 파티를 벌이기도 한다. 지혜로운 여인 에스더 덕분에 유대 민족이 살아남을 수 있었던 날, 그날을 기념하는 날이 바로 부림절이다.

유월절

유대력으로 니산월, 서양력으로 3~4월이 되면 이스라엘의 각 가정에서는 한바탕 대소동이 일어난다. 가정 주부들은 봄철 대청소를 하듯이 주방의 식기를 모두 꺼내 씻고 또 남자들은 집 안 구석구석을 뒤지며 뭔가를 찾느라 분주하다.

청소를 하는 것은 맞지만 단순한 청소가 아니라 집 안에서 뭔가를 찾기 위해 그러는 것이다. 이들이 찾는 것은 바로 누룩이다. 누룩은 술이나 빵을 만들 때 사용하는 발효제인데 쉽게 말해서 효모 또는 이스트이다. 이 누룩이나 누룩으로 만든 빵 조각을 찾기 위해 난리법석을 떠는 것인데, 매년 3월 말에서 4월 초에 있는 유월절을 앞두고 벌어지는 해프닝이다.

유월절은 일 년 중에 가장 먼저 지키는 명절이자 역사가 가장 오래된 명절로 이스라엘 민족의 출애굽 사건과 직결된다. 구약성경 출애굽기에 보면 이스라엘 백성이 이집트에서 탈출하기 위해 모세가 바로 왕과 벌이는 대결에서 하나님이 이집트 백성에게 내리는 10가지 재앙 중에 마지막 재앙인 애굽의 장자들을 죽이는 것과 관련 있다.

이스라엘 백성이 이집트에서 탈출하는 것을 막자 하나님은 이집트 가정의 장자를 하룻밤 사이에 모두 죽이는 엄청난 벌을 내리는데, 이스라엘 백성은 자기 집 문설주에 양이나 염소의 피를 발라 이 엄청난 재앙을 피할 수 있었다. 이 일을 기념하는 명절이 유월절이다.

유월절을 히브리어로 'Hag Ha Peash'라고 하는데 여기서 Peash는 '위로 넘어간다' 또는 '뛰어 넘어간다'는 뜻이다. 영어로는 'Passover'라고 한다. 장자를 죽이는 재앙을 무사히 넘겼다는 의미이다.

그러면 이스라엘 사람들이 유월절 전날에 봄날 대청소를 하듯 온 집 안을 샅샅이 뒤지며 누룩이나 누룩으로 만든 음식을 찾느라 난리법석을 떠는 이유는 무엇일까? 그것은 유월절의 또 다른 이름이 히브리어로 '하그 하 마처스hag ha matzos'이기 때문이다. 마처스란 효모가 들어가지 않은 빵 마처matzo의 복수형이다. 이스라엘 백성들이 이집트에서 탈출할 때 누룩을 가지고 나오지 못해 광야에서 생활할 때 누룩 없이 빵을 만들어 연명했기 때문이다.

그래서 오늘날 이스라엘 사람들도 유월절이 되면 누룩이 없는 빵, 다시 말해 무교병을 만들어 먹는다. 그전에 집 안에 혹시라도 있을지 모르는 누룩을 찾아서 없애는 시늉을 하려고 온 집 안을 뒤집으며 대청소를 하는 것이다.

이때 엄마가 장난으로 방 안 구석에 누룩이 들어간 빵을 숨겨놓으면 아이들이 청소를 하면서 찾아낸다. 청소도 하고 자연스럽게 자녀들을 행사에 참여시키는 것도 유대인 엄마의 지혜라고 할 수 있다

출애굽기 12장 17절에서 20절에 보면 "무교절을 지키도록 하라. 바로 이날에 내가 너희 군대를 이집트에서 이끌어냈기 때문이다. 그러니 너희 세대는 이날을 지켜 영원한 규례로 삼으라. 첫째 달 14일 저녁부터 21일 저녁까지 너희는 누룩 없는 빵을 먹어야 하고 그 7일 동안에는 너희 집에서 누룩이 발견돼서는 안 된다. 누룩 든 것을 먹는 사람은 이방 사람이든 본토 사람이든 상관없이 이스라엘 회중 가운데서 끊어지게 될 것이다. 누룩 든 것은 어떤 것도 먹지 말라. 너희가 있는 곳마다 누룩 없는 빵을 먹어야 한다."라고 적혀 있다.

이렇듯 출애굽기에는 유월절에 먹어야 할 음식과 먹지 말아야 할 음식이 구체적으로 써 있고 그대로 행하지 않으면 이스라엘과 결별시키겠다고 경고하고 있다. 유대인은 이 말씀을 글짜 하나도 틀림없이 그대로 실천에 옮기고 있는 것이다.

무교병은 무척 맛이 없다. 어쩌다 한 조각은 그런대로 먹을 만하지만 배를 채우려면 인내심을 발휘해야 할 정도로 퍽퍽하고 맛이 없다. 이스라엘 사람들은 유월절에 이 퍽퍽하고 맛없는 무교병을 먹으면서 그 옛날 자신들의 조상이 이집트를 탈출하여 뜨거운 광야에 머물며 이 무교병으로 허기를 채우던 때를 생각한다.

누룩이 없는 빵은 집에서만 추방하는 게 아니다. 유월절 기간에는 이

스라엘의 어느 슈퍼마켓에 가도 누룩이 든 빵을 살 수 없다. 이스트가 들어간 빵이나 밀가루 음식은 전혀 팔지 않는 것이다.

그리고 유월절 기간에는 평소 사용하던 식기를 사용하지 않는다. 혹시라도 누룩이 묻어 있을지 모르기 때문이다. 그래서 각 가정에는 유월절 기간에만 사용하는 식기가 따로 준비되어 있는데 집 안에서 가장 비싸고 귀한 그릇들이다.

유월절에는 겨자무나 양고추냉이라고 불리는 쓴 나물도 먹는다. 이 말씀도 성경에 기록되어 있다. 레위기 12장 8절에 보면 "그 밤에 그 고기를 불에 구워 무교병과 쓴 나물을 아울러 먹되"라고 적혀 있다. 그래서 이스라엘 사람들은 효묘가 들어 있지 않은 빵에 양고추냉이를 집어넣고 우적우적 씹어 먹는다. 그렇지 않아도 맛이 없는 빵에 양고추냉이까지 넣어 먹으면 이거야말로 고역이 아닐 수 없다.

그리고 '하로뎃Harodeth' 이라는 아주 특이한 수프를 만들어 먹는다. 하로뎃은 으깬 과일이나 꿀, 포도주를 섞어서 만드는데 색깔이 벽돌색 같다고 한다. 조상들이 그 옛날 이집트에 머물면서 벽돌을 구우며 노예 생활을 하던 때를 기억하기 위해서 먹는다. 그리고 구운 달걀과 양의 정강이 뼈로 만든 찜을 먹기도 한다.

하지만 무엇보다도 유월절 식탁에서 빠질 수 없는 것은 포도주이다. 유월절 저녁 온 가족이 식탁에 앉으면 집안의 가장은 가족들에게 포도주를 따라주면서 출애굽기 6장의 6절에서 7절 구절을 읊조린다.

"나는 여호와라 내가 애굽 사람의 무거운 짐 밑에서 너희를 빼내며…."

가족들이 포도주 잔을 비우면 그다음에 또 한 잔을 따라주면서 역시 출애굽기의 구절인 "그들의 노역에서 너희를 건지며"라고 말한다. 그러면 가족들은 포도주를 마시고 세 번째 잔을 따라주면서 "편 팔과 여러 큰 심판들로써 너희를 속량하여"라고 이야기하면 또 그 잔을 받아

마신다. 그리고 마지막 네 번째 잔에 포도주를 따라주면서 "너희를 내 백성으로 삼고"라고 말하면 역시 이 잔을 받아 마신다.

이렇게 온 가족이 네 잔의 포도주를 받아 마시면서 하나님이 이스라엘 백성들에게 행한 일과 그것에 대해 감사한다. 유대인이 유월절 저녁에 갖는 이 만찬을 '세이더Seder'라고 한다.

최후의 만찬

신약성경에 보면 예수가 겟세마네 동산에서 마지막 눈물의 기도를 하기 전 마가의 다락방에서 12명의 제자들과 함께 만찬을 했다는 기록이 있다. 이때 예수가 제자들과 함께 떡과 포도주를 나누어 먹으면서 가룻 유다가 자신을 배반할 것을 예언하는 장면이 나오는데 이 만찬도 유월절 세이더였다. 그 당시에도 유월절이 되면 이스라엘의 각 지방에 살고 있는 유대인은 물론이고 다른 나라에 사는 수많은 유대인이 예루살렘으로 와 성전에서 진행되는 희생제사에 참석했다.

예루살렘의 성은 그다지 크지 않았는데, 전국 각지의 유대인과 외국에서 사는 유대인이 예루살렘 성안으로 한꺼번에 몰려드는 유월절은 그야말로 큰 축제나 다름없었다. 그런데 이들이 먹고 잘 곳이 충분하지 않았다. 여관도 많지 않았고 잠을 잘 만한 곳도 없었기 때문에 대개가 예루살렘 성 주변의 언덕이나 들판에 천막을 치고 유월절 기간을 보냈다. 운 좋게 여관을 구했다 하더라도 말 그대로 북새통을 이루었다. 그래서 이 기간 동안은 예루살렘에 살고 있는 대부분의 사람들이 순례자들을 위해서 방을 내주거나 마당이나 옥상을 내주고 심지어는 가축 우리를 빌려주기도 했다.

예수와 그의 제자들 역시 유월절 만찬 장소를 구하지 못해 애를 끓이고 있었는데, 마침 제자의 한 사람인 마가의 집이 예루살렘에 있어서 그

집의 다락방에서 유월절 만찬을 했던 것이다.

저녁 무렵에 시작되는 유월절 만찬에서는 떡과 포도주를 마시며 많은 대화를 나누는데 예수도 이 만찬에서 식사를 하며 가룟 유다의 배반을 예언했던 것이다.

만찬은 보통 밤 12시나 새벽 1시쯤 끝난다. 그러면 아이들은 각자의 방으로 가서 자고, 어른들은 계속 남아서 모세와 이스라엘 백성이 이집트를 탈출할 당시의 무용담을 얘기하며 밤을 지새우다가 대화에 지치면 성전으로 찾아가 기도를 하곤 했다. 그래서 예수도 유월절 식사를 마치고 성전 바로 옆에 있는 겟세마네 동산에 가서 기도를 했던 것이다.

마가복음 14장 12절에 "무교절의 첫날 곧 유월절의 양 잡는 날에"라는 표현이 있듯이 당시의 유월절에는 예루살렘 곳곳에서 양의 울음소리가 들리고 양의 피비린내가 예루살렘 성안에 진동하곤 했다.

지금도 예루살렘의 올드 시티에 가면 '양의 문'이라는 성문이 있다. 성문 벽에 사자상이 조각되어 있어서 라이언 게이트라고도 하고, 그 문 앞에서 스데반이 돌에 맞아 죽었다고 해서 스데반 게이트라고도 한다. 어쨌든 그 당시 이 문 주변에서 양을 잡았기 때문에 '양의 문'이라는 이름이 붙었다고 한다.

관광 상품이 된 유월절

서기 70년 예루살렘 한가운데 있던 성전이 로마에 의해서 파괴된 뒤에 유대인은 하나님께 양을 제물로 바칠 제단이 없었다. 그래서 그때부터 하나님께 제물을 바치는 제사가 중단되었는데 놀랍게도 요즘에도 사마리아Samaria에서는 아직까지 그 희생제사를 지내고 있다.

사마리아는 현재 이스라엘의 나불루스Nabulus 안에 자리 잡고 있다. 나불루스는 이스라엘의 가자지구나 헤브론 여리고와 마찬가지로 팔레스타인 자치지구이다. 나불루스는 특히 강경파 팔레스타인 사람들이 많이 살고 있어서 이스라엘 군대와 자주 충돌하고 그래서 국제 뉴스에서도 분쟁의 현장으로 자주 보도되곤 하는 곳이다. 한때 나불루스 안에 있는 여러 곳의 기독교 성지와 교회가 강경파 팔레스타인들에 의해 불타버리기도 했다.

이스라엘을 방문하는 여행자들은 이곳 나불루스에 접근하기가 쉽지 않다. 엄청나게 까다로운 검문검색을 거쳐야만 들어갈 수 있는데 이곳이 성경에서 얘기하는 바로 세겜Shechem 지역이다. 이 안에 들어가면 도시 세겜을 중심으로 왼쪽에는 그리심Gerizim 산 오른쪽에는 에발Ebal 산이 자리 잡고 있다.

그리고 그리심 산 꼭대기에 사마리아 사람 600여 명이 살고 있다. 이 사마라이 사람들이 수천 년 동안 지금까지도 매년 유월절이 되면 희생제사를 드리고 있는 것이다. 이들은 그야말로 구약시대 때와 예수 당시의 방식 그대로 희생제사를 지내고 있다.

그래서 성경이나 성경고고학을 연구하는 학자들이 많은 관심을 보이고 있으며, 또 매년 유월절 때는 이들이 지내는 희생제사를 보기 위해 찾아오는 전 세계 사람들로 그리심 산은 인산인해를 이룬다.

팔레스타인 자치지구라서 평소에는 외부인이 쉽게 들어갈 수 없지만 특별히 유월절 희생제사 때만큼은 외부인의 출입을 허용하는데, 인파가 너무 많이 몰려들어서 예약을 하지 않으면 들어갈 수 없을 정도이다. 나는 불행하게도 아직까지 이들의 희생제사를 보지 못했지만 유월절이 지난 뒤에 희생제사를 드렸던 현장에 가 보니 조금 의아한 부분들이 있었다.

하나님께 희생제물을 바치던 제단을 이렇게 표현해도 될지 모르겠지만 마치 바비큐 그릴 같다고 할까? 많은 사람이 내려다볼 수 있도록 마련된 스탠드가 사방으로 둘러싸여 있고 한가운데 바닥에는 지름이 약

유월절 희생제사 때
하나님께 희생제물을
바치던 제단.

1m인 넓은 구멍이 있었다. 이 구멍이 바로 양을 태울 때 쓰는 장작을 넣는 곳이고 그 구멍 위에 철근을 격자 모양으로 설치해놓았다. 이런 구멍과 철근은 두 개였는데 하나는 양을 올려놓고 태우는 곳이고, 또 하나는 양의 내장을 태우는 곳이라고 한다.

십계명을 받은 날 오순절

이집트의 동쪽, 그리고 이스라엘의 남서쪽, 아프리카 대륙과 아라비아 반도 사이에 있는 삼각형의 반도인 시나이 반도는 약 6만㎢의 면적에 비해 인구 밀도는 매우 낮은 곳이다.

일 년 내내 비 한 방울 내리지 않을 만큼의 적은 강우량, 여름철 한낮엔 50℃에 육박하는 뜨거운 날씨, 그러다가도 밤이 되면 살을 에는 듯한 추위, 마실 물이라고는 찾아볼 수 없는 척박하기 이를 데 없는 땅. 이스라엘 백성이 모세를 따라 이집트에서 탈출한 뒤에 제일 먼저 만난 환경이었다. 방금이라도 덮칠 듯한 기세로 쫓아오는 애굽의 군사들을 홍해의 바다 속에 수장시키며 탈출에 성공한 이스라엘 백성은 이런 황량하기만 한 시나이 반도의 척박한 환경에서 힘들게 생활해야 했다.

400년 동안 시키는 대로만 일하면 먹을 것을 주고 잠을 재워주던 애굽에서의 노예 생활에 익숙해진 이스라엘 백성에겐 시나이 반도에서의 생활이 쉽지 않았다. 갑작스럽게 애굽을 탈출하다 보니 먹을 것도 제대로 챙겨 오지 못했고, 배가 고프니 당연히 하나님과 모세에 대한 불평 불만이 터져 나왔다.

이집트의 시나이 반도를 한낮에 가 본 사람이라면 그들의 불평을 충분히 이해할 수 있을 것이다. 또 시나이 반도에서 밤을 지새우게 된다면 이스라엘 백성보다 더한 불평 불만을 터뜨릴지도 모른다. 시나이 반도는 사람이 살기에는 너무나 척박한 땅이기 때문이다.

그래도 하나님은 이들을 굶기지 않기 위해 하늘에서 만나를 내려주셨다. 그날이 바로 이집트에서 출발한 지 33일째 되는 날이었다. 그런데 만나를 맛있게 받아 먹은 이스라엘 백성은 이번엔 이집트에서 보고 배운 황소 동상을 만들어 그 앞에 엎드려 절을 하기 시작했다. 자신들을 죽음에서 구원해준 하나님의 은혜와 감사를 잊은 채 새로운 우상을 만든 것이다.

보다 못한 하나님은 마침내 모세를 산꼭대기로 불러 인간이 세상을 살아가면서 반드시 지켜야 할 열 가지 계명을 직접 써주셨다. 이처럼 하나님이 모세의 눈앞에 직접 나타나서 글을 써주신 산이 바로 시나이 반도의 중심부에 있는 해발 2290m의 시내 산이고 그때 하나님으로부터 받은 계명이 바로 십계명이다.

시내 산은 나무 한그루 없는 말 그대로의 돌산이다. 그곳엔 물도 없고 그늘도 없으며 말할 수 없이 가파르다. 밑에서 산꼭대기 정상까지 올라가는 데는 3시간이 넘게 걸린다. 특히 시내 산 정상 바로 밑 700개의 계단이 있는 구간에서는 산을 오르는 것을 포기하고 싶을 정도이다. 도대체 이 산은 왜 이렇게 높고 험한 것일까?

그러나 하나님은 그처럼 힘들고 어렵게 올라가야만 만날 수 있었다. 하나님은 마침내 그곳에서 모세에게 신을 벗으라고 한다. "이곳은 거룩한 곳이다."

그러고는 모세에게 10개의 계명을 돌판에 직접 적어주신다. 하나님이 이스라엘 백성들에게 내려주신 계명이다. 이날이 바로 이스라엘 백성이 이집트의 장자가 모두 죽임을 당하는 재앙에서 살아남아 가나안 땅으로 출발한 지 정확하게 50일째 되는 날이었다.

그날이 바로 유대인의 명절인 오순절이다. 오순절은 히브리어로 '샤브옷Shavout'이라고 한다. 샤브옷의 샤브는 7일을 뜻하는 샤브아shavua의 복수형인데, 이스라엘의 남쪽 네게브 지역에 있는 브엘세바Beer Sheva의 세바가 일곱을 뜻하고, 브엘은 우물을 뜻하기 때문에 브엘세바는 '일곱 개의 우물'이라는 뜻이 된다. 샤브옷과 브엘세바를 연관지어 생각하면 이해가 좀 쉬울 것이다. 그래서 오순절을 칠칠절이라고도 한다. 7일씩 7주라는 뜻이다.

유대인에게 있어서 오순절은 하나님이 이스라엘 백성들을 이집트에서 구원해주고 십계명을 내려준 뜻 깊은 명절이다. 또 가나안의 농사와 관련한 맥추 감사 절기이다.

그 당시 이스라엘 백성들의 주업은 크게 두 가지인데 하나는 농업이고 또 하나는 양과 염소를 키우는 목축업이었다. 양과 염소는 마리당 가격이 꽤 비싸서 양과 염소를 수백 마리 키우는 사람이라면 재벌이라고 할 수 있을 정도였다.

그래서 이스라엘 사람들은 농업에 의존할 수밖에 없었는데, 불행하게도 이스라엘 땅은 농사를 짓는 데는 그다지 좋은 땅이 아니다. 밭에는 석회석이나 대리석, 현무암 같은 큰 돌이 많고 또 자갈이 셀 수 없을 만큼 널려 있다. 그래서 어쩌다 비가 내려도 물을 머금을 만한 땅이 없어 금방 말라버리기 일쑤이다. 더군다나 한낮의 뜨거운 태양은 어쩌다 한 번 내려 고여 있는 빗물을 금방 증발시켜버리고 만다.

이러한 땅에서 재배할 수 있는 곡물은 주로 보리와 밀이다. 물이 많이 필요한 벼 농사는 아예 꿈도 꾸지 못한다. 그래서 이스라엘 사람들이 주로 먹는 음식은 보리와 밀로 만든 음식이다. 특히 밀로 만든 빵은 옛날부터 지금까지도 주요 식생활 재료라고 할 수 있다.

이스라엘 사람들에게 보리 농사와 밀 농사는 그야말로 생명을 보전하는 일과도 같다. 그리고 이스라엘은 한여름에도 전혀 비가 내리지 않는다. 그래서 여름에 이스라엘을 여행하다 보면 여관의 옥상이나 들판이나 산에서 야영을 하며 자는 사람이 많다.

성경에도 이스라엘 땅의 여름 가뭄에 대해 여러 차례 언급되어 있는데, 심할 경우엔 몇 년씩 아니 몇 십 년씩 비가 내리지 않는 대기근에 시달리기도 한다. 그래서 아브라함과 그의 가족들이 이집트로 내려갔고 또 엘리야는 하나님께 비를 내려달라는 제사를 갈멜 산에서 드렸다. 요셉의 가족들도 오랫동안 이어지는 가뭄 때문에 가족 전체가 이집트로 이주하기도 했다. 그러니 이스라엘 땅은 비와 물과는 거리가 좀 먼 나라라고 해도 틀린 말은 아닐 것이다.

겨울이 시작되는 10월경부터는 비가 조금씩 내리는데, 이때 내리는 비는 얼마 전에 파종을 마친 보리와 밀의 뿌리가 자리를 잡는 데 중요한 역할을 한다. 그리고 또다시 오순절을 앞두고 몇 차례 많은 양의 비가 오는데, 이때 내리는 비는 수확을 앞둔 보리와 밀의 숙성을 돕는다.

만약 초겨울에 비가 내리지 않거나 보리와 밀을 추수해야 하는 시기에 비가 오지 않는다면 앞으로 일 년 동안 먹어야 할 양식을 걱정해야 하는 아주 심각한 상황에 이르게 된다. 아무리 농사를 열심히 지으려고 해도 하늘에서 비가 내리지 않으면 지을 수 없는 상황, 그래서 유대인은 농사는 어디까지나 하늘의 뜻, 다시 말해서 하나님의 도움이 있어야만 가능한 일이라고 생각하며 자신들이 먹어야 할 식량은 하나님이 도와주셔야만 해결할 수 있다고 생각하는 것이다.

땅은 자신들의 것도 아니고 인간의 것도 아니며 어디까지나 하나님의 것이며 자신들은 단지 땅을 경작하고 관리하는 청지기라는 생각이 지배적이다. 그래서 유월절이 지나고 50일쯤 되었을 때 한바탕 내린 비 덕분에 보리 추수가 잘되고 또 밀 수확이 잘되면 하나님께 감사하지 않을 수 없는 것이다.

이렇게 보리 농사와 밀 농사가 잘될 수 있도록 태양빛과 적당한 양의 비와 적당한 양의 바람을 보내주신 하나님께 첫 번째 수확물인 밀로 누룩이 들어간 빵을 만들어 제사를 드렸던 이스라엘 사람들의 감사 축제가 바로 오순절이다.

유대인은 유월절로부터 오순절까지 이르는 50일 동안 결혼식을 비롯한 다른 행사를 전혀 하지 않는다. 농사를 짓는 사람들은 이때가 가장 바쁘기 때문이다. 여름 내내 내리지 않던 비가 드디어 10월경에 내리면 이때부터 보리와 밀이 잘 자라도록 돌보기 위해 농부들은 거의 하루 종일을 밭에서 보낸다. 그러니 이 기간에 축제를 벌일 수도 없고 누군가 결혼식이라도 하면 이거야말로 민폐 중에 민폐인 것이다.

그런데 그 기간에 어쩔 수 없이 결혼식이나 큰 행사를 치러야 한다면 어떻게 할까? 그럴 때는 유월절 이후 33일째 되는 날 '라그 바 오메르Lag Ba Omer'라고 하는 날 모든 행사를 한꺼번에 치른다. 이날은 한 달여 동안 하루 종일 밭에서 일만 하던 농부가 오랜만에 허리를 펴며 기분 좋게 하루를 보낼 수 있고, 또 이스라엘 백성이 이집트를 탈출한 뒤 33일째 되었을 때 하늘에서 만나가 내려온 날이기도 하다.

그리고 오순절에는 모든 유대인이 성경책 룻기서를 읽는다. 룻기서의 배경이 오순절 시기와 맞는 추수 때이기 때문이다. 또 이스라엘의 두 번째 왕인 다윗이 오순절에 숨을 거두었다는 말이 전해지고 있어서 다윗의 시편을 읽기도 한다.

유월절에는 블린츠blintz라고 하는 얇은 팬케이크와 치즈로 만든 음식을 먹는다. 우리가 추석 때 송편과 밤·대추 등을 넣은 음식을 먹듯이 이때만큼은 유대인의 식탁도 풍성해진다. 야후나 구글 등 외국의 인터넷 사이트에 들어가면 이스라엘 사람들이 오순절에 만들어 먹는 블린츠 조리법이 자세히 소개되어 있다.

초기 기독교에서는 오순절 기간의 시작인 부활절과 끝날인 오순절에 세례식을 거행했다. 훗날 북유럽에서는 부활절보다 오순절에 세례를 주는 것이 보편화되었으며, 영국에서는 갓 세례를 받은 사람들이 특별히 흰옷을 입었기 때문에 이 축일을 보통 '하얀 일요일Whitsunday'이라고 한다. 이 오순절은 기독교인들에겐 또 다른 의미가 있다.

예수는 십자가에 못 박힌 후 3일 만에 부활하여 제자들에게 나타났다. 예수는 두려움과 공포감에 싸여 어쩔 줄 몰라하는 제자들에게 자신이 하늘로 승천한 다음에 제자들이 할 일에 대해 얘기했다.

"너희는 곧바로 예루살렘을 떠나지 말고 아버지가 약속하신 것을 기다려라. 요한은 물로 세례를 베풀었지만 너희는 몇 날이 못 되어 성령으로 세례를 받으리라."

그리고 그 말씀은 정말 현실로 이루어졌다.

예수가 하늘로 승천한 이후 새로 뽑힌 예수의 제자 맛디아를 포함한 12명의 제자와 이스라엘 전국 각지에서 올라온 120명의 성도들이 시온산에 있는 마가의 다락방에서 기도를 하고 있었다.

바로 그때 예수가 얘기했던 것처럼 정말 성령이 임했고 이들은 각기 다른 말로 기도를 하기 시작했다. 방언이 시작된 것이다. 그제야 제자들은 비로소 완벽한 하나의 작은 교회가 되어 이스라엘 각 지역은 물론 전 세계로 흩어져 예수의 놀라운 사역과 그의 사랑에 대해서 전하게 되었다. 바로 마가의 다락방에 성령이 내렸던 날, 예수의 말대로 성령으로 세례를 받은 날이 오순절이다.

이 이야기는 사도행전 2장 1절에서 4절에 기록되어 있다.

"오순절이 이르렀을 때 그들이 모두 함께 한 곳에 모여 있었습니다.

그때 하늘로부터 갑자기 급하고 강한 바람 같은 소리가 있었고 그들이 앉아 있던 온 집을 가득 채웠습니다. 그리고 마치 불 같은 혀들이 갈라지는 것이 그들에게 나타나 그들 각 사람 위에 임했습니다. 그러자 모두 성령으로 충만함을 받고 성령께서 그들에게 말하게 하심을 따라 그들이 다른 방언으로 말하기 시작했습니다."

의심과 겁에 질려 있던 예수의 제자들은 성령이 충만하여 담대해지고 또한 다른 언어로 말했다. 세계 각처에 흩어져 살던 독실한 유대인들이 그 지방의 언어로 설교를 하게 되는 기적이 일어났다. 그러니까 오순절은 제자들이 성령 세례를 받은 성령 강림절이며 교회가 새롭게 생긴 역사적인 날인 것이다.

그러나 예수를 메시아로 인정하지 않는 유대인들에게 있어서 오순절은 그저 이스라엘 백성을 이집트에서 구원한 지 50일째 되는 날, 모세가 시내 산에서 십계명을 받은 날, 겨울철 농사를 잘 짓게 해주신 하나님께 감사하는 날로 여길 뿐 이 땅에 성령이 강림하고 교회가 새롭게 탄생한 데 대해서는 아무런 관심이 없다.

이것이 오순절을 대하는 기독교와 유대인의 가장 큰 차이점이다.

크리스마스를 대하는 유대인의 심정

해마다 12월 초가 되면 미국 뉴욕에 있는 록펠러 센터 빌딩 앞에는 대형 크리스마스트리가 세워지고 밤하늘을 아름답게 수놓을 수만 개의 작은 전구에 불을 밝히는 점등식을 갖는다. 그 점등식 장면을 보기 위해 수많은 관광객이 몰려들고, 또 전 세계의 방송국은 뉴스 시간에 그 순간을 소개하기도 한다. 뉴욕의 록펠러 센터 빌딩 앞에 있는 대형 크리스마스트리에 불이 들어와야 크리스마스 분위기가 제대로 나는 것이다. 그런데 이 대형 크리스마스트리를 아주 못 마땅하게 생각하는 사람들이 있다.

바로 뉴욕에 사는 유대인들이다. 유대인들은 예수 그리스도를 메시아로 인정하지 않으므로 아기 예수의 탄생을 축하하는 크리스마스와는 전혀 상관없는 사람들이다. 아기 예수가 태어났든 말든, 그리고 예수가 갈릴리에서 열두 제자를 이끌고 다녔든 말든, 예수가 십자가를 지고 골고다 언덕까지 올라갔든 말든 아무런 관심도, 상관도 없는 사람들이 유대인이다.

그러나 12월이 되면 전 세계가 크리스마스 열풍이 분다. 백화점이나 쇼핑 상가에서는 온통 크리스마스 바겐세일이 시작되고 쇼윈도나 진열대에는 어김없이 산타클로스가 등장한다. 텔레비전에서도 온통 크리스마스 특집 프로그램이 방송되면서 캐럴이 울려 퍼진다. 사람들은 크리스마스 카드를 주고받고 또 선물도 준비한다. 평소에는 교회 한 번 안나가던 사람들도, 평소엔 예수에게 기도 한 번 안 하던 사람들도 이때만큼은 크리스마스 분위기를 한껏 즐긴다. 심지어는 수만 개의 신이 있다는 일본에서조차도, 그리고 중국에서조차도 크리스마스 열풍에 휩싸인다. 그리고 크리스마스를 이용해 돈을 많이 벌어들인다.

그런데 유대인은 이 크리스마스 열풍 속에 휩싸이지 않으려고 한다. 그뿐만 아니라 종교의 자유가 있는 미국 땅에서 예수와 관련한 대형 크리스마스트리를 세울 수 있게 허락하는 것은 편파적이라고 주장한다.

그래서 그들은 록펠러 센터 빌딩의 대형 크리스마스트리 옆에 '하누카 메노라'라고 하는 대형 촛대를 세운다. 하누카 메노라는 마치 부채살처럼 생겼는데 9개의 촛불을 밝힐 수 있다. 그리고 많은 사람이 집 거실에 크리스마스트리를 세우듯이 유대인의 각 가정에서도 9개의 촛대에 불을 붙인다.

그렇다면 예수가 태어난 이스라엘은 어떨까?

전 세계가 크리스마스 열풍에 휩싸여 있을 때에도 이스라엘에서는 전혀 크리스마스 분위기를 느낄 수 없다. 그 흔한 크리스마스트리도 없

고, 캐럴도 들리지 않는다. 백화점에서 크리스마스 바겐세일도 하지 않
고 사람들끼리 크리스마스 선물도 주고받지 않는다.

미국 뉴욕에 있는 록펠러 센터 빌딩 앞에 세워진 대형 촛대와 똑같은
모양의 촛대가 예루살렘 거리 곳곳에 세워진다. 예루살렘 거리에는 가
로등마다 예쁜 네온사인으로 만든 하누카 메노라가 매달려 있는데, 밤
이 되어 불을 밝히면 불빛이 반짝거리는 모양이 아름답기 이를 데 없다.

그리고 거리의 상가나 백화점에도 하누카 메노라 모양의 장식품이
곳곳에 진열되어 있다. 예루살렘의 올드 시티 안에 있는 통곡의 벽 같은
성스러운 장소에도 대형 하누카 메노라가 세워져 있고, 야외에서 벌어
지는 대중 가수들의 콘서트장에도 무대 중앙에 대형 하누카 메노라를
세워놓는다.

하누카 메노라를 판매하는 가게에 가 보면 9개의 촛대가 하나로 연
결된 단순한 모양부터 시작해 수만 가지 디자인을 구경할 수 있다. 나무
나 유리로 만든 것도 있고, 반짝이는 스테인리스스틸이나 금과 은으로
만든 것도 있다. 유대교인이 아닌 필자도 하나 구입해서 책상에 올려놓
고 싶을 정도이다.

하누카의 역사

전 세계가 크리스마스 분위기에 젖어 있는 12월 말이 되면 이스라엘에서는 크리스마스 캐럴을 듣지 않기 위해서라도 하누카라는 명절을 성대하게 치른다.

하누카는 유대인들에게 어떤 명절일까?

하누카는 성경에 등장하지 않는 신·구약의 중간에 해당하는 유대인의 역사와 예루살렘의 성전과 깊은 관계가 있다. 앞서 소개한 이스라엘의 명절 중에 유월절, 욤 키푸르 데이, 부림절 등은 모두 구약 성경에 따른 명절이자 하나님의 명령에 따르기 위한 명절이었지만, 하누카는 성경이 지정한 명절이 아니다. 이스라엘 역사에서 가장 칭송받을 만한 용감한 남자 마카비Maccabee라는 사람에 의해서 하누카라는 명절이 시작된다.

기원전 200년 이스라엘 땅은 셀룩시드 왕국으로 불리던 시리아의 지배를 받고 있었다. 대개의 정복자들이 그렇듯이 셀룩시드 왕국의 안티오커스 4세는 이스라엘 역사에서 가장 악독한 지배자라고 불릴 정도였다. 우선 이스라엘 땅에서 유대인과 유대교의 씨를 뽑아 없애버리려 했으며 예루살렘 성전을 모두 부숴버렸다. 제사장들의 성전 출입을 막았고 그 신성한 자리에 돼지 피를 뿌리고 제우스 신상을 세웠다. 유대인이 가장 더럽고 추하게 여기는 돼지의 피를 하나님께 제사드리는 성전에 뿌려댔으니 유대인들은 기가 막힐 수밖에 없었다.

뿐만 아니라 모든 유대인의 유대교 의식을 금지했다. 기도를 못하게 했고 유대인이 그렇게도 소중하게 여기는 토라와 탈무드도 불살랐다. 유대인들이 군인들의 감시를 피해 깊은 산속으로 들어가서 토라를 읽고 기도를 하다가 발각되면 그 자리에서 불에 태워 죽였다. 할례를 하다가 발각되면 엄마와 아기를 함께 죽였다.

안티오커스 4세의 이런 만행은 유대인의 민족적 자긍심은 물론이고 인간의 기본적 권리마저 묵살하는 행위였다. 심지어는 마차에 이동식 제우스 신상을 싣고 전국을 돌아다니면서 유대인을 한 군데 모아놓고 절을 하라고 시켰다. 하나님을 버리고 제우스 신을 믿으라고 강요한 것이다.

그러던 어느 날, 예루살렘에서 얼마 떨어지지 않은 모디인Modiin이라는 마을에 시리아 군사들이 제우스 신상을 갖고 들이닥쳐서는 그 앞에 절을 하라고 마을 주민들에게 강요했다. 그러자 서슬 퍼런 창과 칼이 무서웠던 몇 명의 유대인이 제우스 신상 앞에 허리를 숙이고 절을 했다.

바로 그때, 하얀 턱수염의 유대인 노인이 나서더니 살기 가득한 군인들을 향해 소리쳤다.

"이 땅의 모든 사람이 하나님을 버리고 네놈들이 만들어놓은 쇳덩어리 앞에 절을 할지라도 나와 내 아들들은 반드시 하나님과의 약속을 지킬 것이다." 그러고는 옷 속에 숨겨두었던 칼을 꺼내 제우스 신상 앞에 절을 한 유대인과 달겨드는 시리아의 군인을 찔러 죽였다.

이 노인의 이름은 마타디아Matthathias였고, 그의 아들은 마카비Maccabee였다. 이스라엘 역사에서 그 유명한 마카비 전쟁이 시작되는 순간이었다. 이후 마타디아는 아들 마카비와 함께 산속으로 도망가서 안티오커스 4세의 압제를 피해 도망 다니는 사람들과 시리아 정권을 저주하는 사람들을 끌어 모아 전투 부대를 만들었다. 하나님을 배반하고 말도 안 되는 이방신을 섬기며 사느니 차라리 적들의 손에 죽는 한이 있어도 싸워서 예루살렘으로 반격해 들어가 이방신과 돼지 피로 더럽혀진 성전을 되찾아 깨끗하게 씻어내겠다고 결심했던 것이다.

이렇게 시작된 시리아 군인들과의 지루하고 처절한 전쟁은 하루도 멈추지 않았다. 정말로 치열하기 이를 데 없는 전투였다. 이후 마타디아가 전사하자 그의 셋째 아들 마카비가 독립군의 총사령관이 되어 성전을 되찾기 위한 전쟁이 계속 이어졌다. 하나님의 성전이 이방인들에 의해 더럽혀진 3년 후, 마침내 마카비가 이끄는 유대인 독립군이 예루살렘으로 진격해왔다.

마카비는 독립군을 이끌고 예루살렘의 모리아 산 정상에 세워진 성전 안으로 들어갔다. 정말로 꿈 같은 일이었다. 그 옛날 다윗왕이 설계하고 솔로몬왕이 온갖 정성과 노력을 기울여 완성한 성전, 그후로 유대인이 바벨론으로 포로로 끌려갔다가 마침내 페르시아의 고레스 왕으로부터 귀국 허락을 받고 돌아와 스룹바벨을 중심으로 다시 세운 그 성전… 그런데 또다시 지난 3년 동안 올 수 없었던 성전, 마카비가 성전 안으로 들어갔을 때는 그야말로 폐허나 다름없었다.

성전의 뜰에는 온갖 잡초가 무성했고 문짝이 떨어져 덜렁거렸으며 제단은 나뒹굴고 법궤가 있어야 할 자리에는 돼지뼈들이 널브러져 있었다. 그 광경을 본 마카비는 자리에 털썩 주저앉아 통곡을 하지 않을 수 없었다. 하나님의 성전이 이 지경이 되다니… 어떻게 이럴 수가 있단 말인가….

마카비는 곧 정신을 가다듬고 군사들과 함께 성전을 깨끗이 청소했다. 돼지 피로 물든 제단을 내다버리고 새 제단을 갖다놓았으며 잡초를 뽑고 문짝도 새로 달았다. 그러고는 성전의 중앙에 촛대를 세웠다. 하나님의 성전으로 다시 제 모습을 갖춘 것이다.

마카비는 군사들과 함께 성전에 불을 밝히면서 외쳤다.

"이 성전을 다시 하나님께 바칠 것이며 이곳은 다시 하나님이 계시는 거룩한 곳이 될 것이다. 앞으로 8일 동안은 하나님께 성전을 봉헌하는 축제의 기간으로 삼겠다."

이날이 성전이 더럽혀진 지 3년째 되는 기원전 163년이었고, 날짜는 유대력으로 키스레브월 25일, 서양력으로는 12월 25일이었다.

성전을 되찾은 이날을 기념하는 날이 바로 하누카이며, 이날 9개의 불을 밝히는 촛대를 바로 하누카 메노라라고 한다. 그래서 '하누카'라는 말은 '봉헌', 또는 '헌납', '바친다'라는 의미이고 영어로는 'Dedication'이라고 한다.

하누카의 촛대 메노라

이스라엘에 가면 메노라가 곳곳에 참 많이 있다. 건물 앞에 조각품이나 예술작품처럼 세워져 있기도 하고, 각종 기념품을 파는 가게나 백화점에 가도 어김없이 메노라가 있다. 그런데 자세히 보면 불을 밝히는 촛대가 7개인 것도 있고 9개인 것도 있다. 촛대가 7개짜리는 그 옛날 이스라엘 백성이 이집트를 탈출해서 광야에서 생활할 때 이동식 성막 안에서 사용하던 것이다. 촛대가 7개인 이유는 하나님께서 이 세상을 창조할 때 7일 걸렸다는 것을 의미한다. 그리고 9개짜리는 하누카 기간 동안 사용하는 것이다.

하누카 메노라는 가운데에 있는 촛대가 다른 촛대에 비해 좀 높다. 중앙 촛대에는 하누카 기간 내내 불이 켜 있어야 하고 양옆의 각각 4개의 촛대에는 하누카 기간인 8일 동안 하루에 하나씩 불을 밝혀나간다.

그렇다면 왜 하누카 기간에 켜는 메노라는 촛대가 9개일까? 여기엔 마카비가 성전을 탈환할 당시의 기적 같은 전설이 얽혀 있다.

마카비가 성전을 되찾고 청소를 한 다음 촛대에 불을 붙이려고 했지만 기름이 단 하루 치밖에 없었다. 그렇다고 성전의 불을 밝히는 데 아무 기름이나 사용할 수도 없는 노릇이어서 일단은 촛대에 기름을 붓고 불을 밝혔다. 그런데 웬일인지 성전의 촛대에서는 8일간이나 불이 꺼지지 않았다.

이 기적 같은 일을 기념하기 위해 하누카 기간에는 가운데 하나의 촛대와 양옆으로 각각 4개씩 모두 9개의 촛대에 하루에 하나씩 불을 밝혀 나가는 것이다.

각 가정의 창가에 밝혀놓은 9개의 촛대가 마을의 골목길을 밝히고 마을 전체를 밝힌다고 생각해보라. 얼마나 아름답겠는가? 그래서 하누카를 빛의 명절이라고도 한다.

하누카 기간에 즐기는 주사위 드라이델

유대인은 이 하누카 기간 동안 '드라이델Dreidel'이라는 팽이를 돌리면서 논다. 우리의 팽이와는 좀 다른 모양인데 마치 주사위처럼 네모난 나무의 아랫부분에 축을 달아서 손잡이를 잡고 돌리면 팽그르 돌아간다. 이 네모난 면에는 히브리어가 한 글자씩 모두 네 글자가 새겨 있다.

'그곳에서 기적이 일어났습니다'를 뜻하는 히브리어의 각 단어 앞 글자가 새겨진 것이다. 팽이가 다 돌아간 뒤에 멈췄을 때 어느 면이 위로 올라오는지를 보고 한 해의 운수를 점치기도 한다. 그리고 매일매일의 특별한 기도문이 있는데 그 기도문을 읽은 다음 촛불을 붙이고 찬송을 부른다.

유대인은 8일간의 하누카 명절에 주로 기름에 튀긴 음식을 먹는다. 야채도 기름에 튀기고 감자와 토마토도 기름에 튀긴다. 야채를 기름에 튀기는 이유는 하누카가 빛의 명절이기 때문이다. 빛을 내기 위해서는 기름이 필요하고, 기름에 튀긴 음식을 먹으면 몸속으로 기름이 들어가

하누카 기간에 즐기는
주사위 드라이델.

몸에서 빛이 난다고 믿기 때문이다. 하누카 명절에 먹는 이런 튀김 음식을 '라크스Latkes'라고 한다. 그리고 빵도 기름에 튀겨 먹는데 이 빵을 '서프가니욧Sufganiyot' 이라고 한다.

그런데 한 가지 재미있는 것은, 마카비가 성전을 되찾은 날이 키스레브월 25일, 그러니까 서양력으로 12월 25일, 크리스마스와 같은 날이라는 것이다. 예수가 태어난 날이 정확히 알려져 있지 않아서 초대 기독교인들이 유대인이 성전을 되찾은 날을 예수의 생일로 정한 것이다.

성전에 빛을 밝힌 날, 빛으로 성전을 밝힌 날, 성전의 빛으로 세상을 밝힌 날, 그리고 요한복음 8장 12절에 "나는 세상의 빛이니 나를 따르는 자는 어두움에 다니지 아니하고 생명의 빛을 얻으리라", 요한복음 9장 5절에 "내가 세상에 있는 동안에는 세상의 빛이로라"고 했던 것처럼 예수는 스스로를 빛이라 했다.

아마도 이런 연결고리 때문에 초대 교회는 유대인들의 성전 봉헌절, 그리고 빛을 밝힌 12월 25일을 예수의 탄생일인 크리스마스로 정한 것 같다.

그리고 보면 이스라엘에서 보내고 있는 12월 25일의 하누카는 크리스마스보다 먼저 시작된 유대인의 명절이라고 할 수 있다.

참고문헌

《Handbook of Life in Bible Times》, J.A.Thompson, IVP
《Illustrated Encyclopedia of the Bible》, John Drane, Lion
《Israel》, Kuperd
《Library of Nations Israel》, Time Life
《돌멩이를 먹고 사는 사람들》, 최창모, 건국대학교 출판부
《뒤집어서 읽는 유태인 오천년사》, 강영수, 청년정신
《세계사의 주역 유태인》, 박재선, 모아드림
《예루살렘》, 토마스 이디노풀로스, 그린비
《유대민족의 비극적 역사와 교회》, 마이클 L. 브라운, 종합선교한사랑
《유대인》, 정성호, 살림출판사
《유대인의 역사 1 : 성경 속의 유대인들》, 폴 존슨, 살림출판사
《이스라엘 역사》, 안토니우스 군네벡, 한국신학연구소
《이스라엘 : 평화가 사라져버린 5000년 성서의 나라》, 김종철, 리수